今野 敏

臨界 潜入捜査
〈新装版〉

実業之日本社

実業之日本社文庫

目次

佐伯連《さえきのむらじ》――

古代より有力軍事氏族として宮廷警護などにあたった。一族のうち子麻呂は大化改新の口火となった蘇我入鹿暗殺（六四五年）において功をあげた。

1

佐伯涼《さえきりょう》は、その三人組の凶悪な雰囲気を肌で感じ取っていた。

三人は濃密な暴力の匂いを発散している。東京では、経済ヤクザが幅を利かせているが、ここ名古屋のような地方都市では、いまだに武闘派が主流だ。

経済ヤクザというのも一皮剝けば暴力に頼る連中だ。佐伯涼はそのことをよく知っていた。

むしろ、地方都市の武闘派ヤクザのほうが正体を隠さないだけ正直なのかもしれないと佐伯は思っていた。

三人組のひとりは、兄貴格だった。髪を短く刈り、額の両端を深く剃《そ》り込んでいる。ストライプの入ったダブルのスーツを着ているが、ネクタイはしていない。開いたシャツの襟の間から太い金のチェーンをのぞかせていた。

ふたりの弟分の片方は、リーゼントに革ジャンという出で立ちだ。眉を剃っており、そのせいで不気味な人相をしていた。

もうひとりは、陰惨な眼つきをした若者だ。角刈りにしており、だぶだぶのズボンをはいている。派手なチェックのジャケットをはおり、その下には、ハイネックのシャツを着ている。

ふたりとも見るからに喧嘩《けんか》の好きそうな顔をしていた。

佐伯は、その三人が、路地の向こう側からやってくるのを見て屋台の椅子から腰を上げた。

通行人が、その三人に道を譲っている。彼らの行く手を邪魔する者などいない。

佐伯涼は、酔ったような足取りで、その三人に正面から近づいていった。

先頭に立っている兄貴格が佐伯に気づいた。兄貴格のヤクザは、佐伯が道を開けようとしないのを見て取った。

佐伯涼は一八〇センチ、七〇キロという恵まれた体格をしているが、着痩せするタイプで、それほど逞《たくま》しさを感じさせない。

彼は、見すぼらしいジャンパーにジーンズという身なりだった。

「おい……。怖いもの知らずの阿呆がやってくるぞ」

兄貴格のヤクザは、ふたりの弟分に言った。弟分たちは、佐伯を見てにやにやと笑ってみせた。

佐伯は、真っ直ぐにヤクザたちに向かって歩いていく。まったく気負いのない歩調だ。何も考えていないように見える。

兄貴格のヤクザが立ち止まり、その両側を歩いていたふたりも立ち止まった。

「どけよ」

兄貴格のヤクザが言う。

佐伯は、真っ直ぐに相手を見返した。

「どく必要はないな……」

「けがしますよ」

兄貴格のヤクザは、ことさらに慇懃《いんぎん》な口調で言った。

「あんたみたいな人間こそ、道の端を歩くべきだ。そう思わんか?」

兄貴分は、顔色を変えた。

「私らにそういう口をきいたらどうなるか、教えてやらにゃならんようだな……」

兄貴分がそう言うのを合図に、リーゼントに革ジャンの弟分が、一歩前に出た。

とたんに、周囲に緊張がみなぎった。通行人たちは、何が始まろうとしているのかすぐに悟った。

たちまち、何人か野次馬が集まってくる。そうすると、今度は、遠巻きに人垣ができた。

　佐伯は、三人のヤクザの動きを視界に捉《とら》えつつ、周囲をさり気なく見回していた。

「おら、よそ見してる場合か！」

　リーゼントの弟分が、そうわめくと、いきなり、右のフックを飛ばしてきた。

　佐伯は、脇を見ていたが、右足を引き、上体をひねるだけの動きで、それをかわした。リーゼントは、勢いあまってたたらを踏んだ。

　佐伯は、相手の前方に足を出し、引っかけた。リーゼントの弟分は、簡単にひっくり返ってしまった。

　彼は、起きあがると、革ジャンを羽織り直して、凄《すご》んだ。

「てめえ……、死にてえらしいな……」

　彼は、観衆を意識していた。おおむね、ヤクザ者やチンピラというのは、衆目を気にするものだ。自意識が強く、自己中心的な性格の人間がその道に身を落としやすい。

　芸能人と性格の上で、相通ずるものがある。女性の場合、水商売にそういう性格の人間が多い。

　リーゼントの若者は、野次馬の前で恥をかきたくなかったのだ。佐伯には、その心理状態が手に取るようにわかった。

もうひとりの若者が前に出てくる気配を見せた。一対一より一対二のほうが有利なのは明らかだ。

だが、リーゼントに革ジャンの若者は、その援護を拒否した。

「手出しするな。俺ひとりで充分だ」

彼は、野次馬の眼を意識してそう言ったのだった。彼らは、恥をかくことを極端に嫌うのだ。

もちろん、これは、佐伯にとっては好都合だった。

リーゼントの若者は、やや前傾姿勢で、じりじりと間合いを詰めてきた。

前傾姿勢は、世界の格闘技に共通の代表的な構えだ。レスリングの構えもそうだ。ボクシングでも、現在のアウト・ボクシング・スタイルが出来上がるまでは、前傾気味のクラウチング・スタイルが主流だった。

軍隊――特に陸軍で訓練される格闘術も、基本的には前傾姿勢で構える。リーゼントの若者は、不良《ツッパリ》時代から喧嘩に明け暮れ、そうした構えを自分のものにしたに違いなかった。

喧嘩の極意は先手必勝だといわれている。相手にまだ心構えがないうちに、とにかく一撃をお見舞いする。相手がひるんだら、一気に畳みかけて勝負を決するのだ。街中の喧嘩では、ほとんどの場合この鉄則で片が付く。負けん気が強く、乱暴で手が早い者が勝つのだ。

たいていの格闘技は、喧嘩の延長のようなものだから、やはり乱暴者が勝つケースが多い。

だが、戦いのレベルが上がってくるとそうはいかなくなってくる。武術の達人は、出会いの瞬間を狙っている。つまり、相手が仕掛けてくるその瞬間を待っているのだ。

佐伯もそうだった。

リーゼントの若者は、パンチが一発当たりさえすれば勝負は自分のものだと思っていた。これまで、街中の喧嘩では常にそうだった。彼は、喧嘩慣れしているという自信があった。

彼は、左のフェイントを出しておいて、すぐさま右のフックを打ち込んだ。アッパー気味のフックで、佐伯の顎《あご》を狙っていた。

フェイントからのタイミングは見事だった。フェイントに気を取られていたら、確実に決められていたに違いない。

しかし、佐伯は、フェイントにはごまかされなかった。むしろ、そのフェイントに合わせて踏み込んでいた。

リーゼントの若者の、右のフックは空を切っていた。同時に、佐伯の右の掌打《しょうだ》が彼の顎を突き上げていた。

リーゼントの若者は、のけぞり、再び仰向けに倒れた。

彼は、自分がどうやって倒されたのかわからなかった。きれいに技が決まったときというのはそういうものだ。

「くそったれ！」

角刈りで、派手なチェックのジャケットを着た弟分が蹴りかかってきた。

ヤクザ・キックと呼ばれる、足の裏全体で真っ直ぐ突き出してくる蹴りだった。

こうした蹴りは、鋭さはないが、腹などに食らうと大きなダメージを受ける。

佐伯は、蹴り足の外側に移動していた。蹴りをぎりぎりでかわし、ほんのわずか足を運んだだけだった。

しかし、そのポジションを取ることで、相手の次の攻撃を封じていた。同時に、腕で、相手の首を刈った。ラリアットの要領だった。

それだけで、また相手は地面にひっくり返ってしまった。

ふたりの弟分は、腰や肩を抑えて立ち上がった。もう見栄も外聞もない。

リーゼントの若者は、バタフライ・ナイフを出すと、二枚に分かれている金属製のグリップをかちゃかちゃいわせて威嚇《いかく》した。

角刈りの男は、伝統的な九寸五分の匕首《あいくち》を抜き払った。

兄貴分が言った。

「悪ふざけが過ぎたようだな……」

彼は、残忍な笑いを浮かべていた。佐伯が腹から血を流し、弱々しく地面でもがく様を思い描いているのだ。

佐伯はこたえた。

「まだ、早い」

ヤクザたちには、その言葉の意味がわからなかった。

角刈りの男が、匕首を順手に持って真っ直ぐ突いてきた。

佐伯は、まるで相手が刃物を持っていないかのような反応をみせた。匕首をかわしながら入り身になり、さきほどと同じく顔面に掌打を見舞ったのだ。

角刈りの男はまたひっくり返った。

「気をつけることだ」

佐伯は言った。「刃物を持ったまま倒れると、自分で自分を刺しちまうことがある」

リーゼントの男は、バタフライ・ナイフをちらつかせながら間合いを測《はか》っている。

その時、駆けてくる足音が聞こえた。

佐伯は、そちらをちらりと見た。そして、彼は、待っていた連中が現れたことを知った。こうした、夜の盛り場で、喧嘩沙汰が起きたとき、警察よりも先に駆けつけてくる連中だ。

地回りのヤクザだった。彼らも、今、佐伯が相手をしているヤクザと同じく三人組だった。

彼らがその場を仕切りはじめるより早く、佐伯は動いた。

足をスライドさせるように素早く前へ出ると、前方の足をさっと蹴り上げた。

その蹴りは、正確に、リーゼントの若者の右手にヒットした。リーゼントの若者は、全く反応できなかった。彼は、バタフライ・ナイフを蹴り飛ばされていた。

「いてえ！」

リーゼントの若者は、思わず右手を左手で抑えていた。完全に無防備な状態だ。

その顔面に、佐伯は掌打を見舞った。さきほどとは違い、相手の後頭部まで突き抜くような勢いで打ち、しかも当たった瞬間に手首を返していた。

リーゼントの若者は、打たれた瞬間に、激しく頭を振られ、脳震盪《のうしんとう》を起こした。方向感覚がなくなり、足に力が入らなくなった。

崩れていく相手の顔面に、佐伯は、また掌打を見舞う。右、左、一発ずつだった。それで、若者は完全に眠った。

角刈りの若者が、起き上がり、陰惨な眼をして匕首を構えている。

佐伯は、待っていなかった。自分のほうからじりじりと間合いを詰めていく。右手右足が前になっている。足幅はちょうど、肩幅くらいだった。

膝をわずかに曲げ、両手を開いている。

角刈りの男は、戸惑っていた。刃物を持った相手に、素手で迫ってくるとは思ってもいなかったのだ。

刃物を持つというのは、圧倒的有利を物語っている。角刈りの若者は、佐伯に間合いを詰められることであせり、その有利さを忘れた。

「野郎！」

彼は、がむしゃらに匕首を突き出した。

佐伯は、その匕首をぎりぎりまで引きつけてから、後方にある左手でさばいた。

同時に、右の掌で相手の顔面を打っていた。

カウンターとなり、角刈りの若者は、一瞬、動きを止めた。

佐伯は、そのまま右手をのばし、相手の顔面を手刀で切るようにした。相手の膝《ひざ》のうらに自分の膝をあてがい、ぐいと押しつける。

裏投げのような形になり、角刈りの男は、腰のあたりから地面に落ちた。アスファルトの地面だ。大きなダメージとなった。

佐伯は、相手が倒れるとすぐさま、踵《かかと》で相手の顔面を蹴り下ろした。

角刈りの若者は、まず、顔面をしたたか蹴られ、その勢いで、後頭部をアスファルトの地面にぶつけた。たまらず、昏倒《こんとう》していた。

弟分ふたりを倒された兄貴分は、顔を真っ赤にしていた。怒りで我を忘れているような感じだった。

「てめえ……。殺してやる……」

「無理だな」

佐伯涼は言った。「おまえにはできない」

兄貴分は、角刈りの若者と同様に、懐から九寸五分の匕首を抜き出した。やはり順手に持っている。

彼は、時間稼ぎはしなかった。

ぐずぐずしていると警察がやってくることはわかっていた。街中で、五分間以上喧嘩が続くことは珍しい。誰かが、通報すれば五分足らずで警官が駆けつけるからだ。

ヤクザは、いきなり袈裟《けさ》掛けに切りつけた。そのまま、横に払う。

その太刀筋は鋭かった。空気を切る音がはっきり聞こえる。

剣道の段持ちであることがすぐにわかった。剣術使いが得物を持ったときほど厄介なことはない。

しかも、相手は、ただの剣術使いではなく、百戦錬磨のヤクザなのだ。

佐伯も油断はできなかった。彼は、左手を前方に掲げた。左を捨てる覚悟であることがわかる。

刃物のプロというのは、いきなり致命傷を狙ったりはしない。まず、一番近くにある急所や動脈を狙う。そうやって相手の動きを封じておいて、とどめを刺すのだ。

ヤクザは、まず、真っ直ぐに突いてきた。顔面を目がけている。だが、それはフェイントだった。すぐさま刃先を返して、やはり、左手の手首に切りつけた。

佐伯は、左手を引くと同時に、足を踏み違えていた。体の向きも入れ換わる。その回転の勢いを利用して、右の掌打を出していた。

匕首を左に引きつけておいて、くるりとかわす形になった。ヤクザは、佐伯の右をかわせなかった。

佐伯の掌打は、ヤクザの顔面に、横から叩き込まれた。

佐伯は、その瞬間から一瞬たりとも手を止めなかった。左右の掌打を、ところかまわず打ちつけた。

ヤクザは、反撃のタイミングをつかめなかった。

佐伯が、再び体面を入れ換えると、ヤクザは、仰向けに投げ出された。

佐伯は、倒れていくヤクザの後頭部を、サッカーボールのように蹴り上げた。

地面に崩れ落ちたとき、ヤクザは眠っていた。

その時、また駆けてくる者があるのに気づいた。今度は警察官だった。制服を着た警察官がふたり、駆け寄ってくる。

佐伯は、突然、腕をつかまれた。振り向きざま、攻撃しようとした。

「待て……」

相手は、さっと手を放して言った。「ここにいちゃまずい。こっちへ来るんだ」

そう言ったのは、駆けつけてきた地回りのヤクザのひとりだった。

に付いて行った。

「早く！」

彼は、再び佐伯の腕を取り、引っ張った。佐伯は、言われるままにそのヤクザ者に付いて行った。

「たまげたぜ」

佐伯を野次馬の人垣から連れだしたヤクザ者が言った。「割って入る間もなかった」

佐伯は、黒塗りのメルセデスのなかにいた。後部座席にヤクザ者と佐伯が座り、若い衆のひとりが運転席にいた。もうひとりの若い衆は、車の外に立っている。

「空手か何かやってるのか？」

ヤクザ者は尋ねた。

「なれなれしくないか？」

佐伯は言った。「俺はあんたの名前も何も知らない」

佐伯は運転席の若い衆が反応したのに気づいていた。振り返りこそしなかったが、緊張したのは明らかだった。佐伯の横にいるヤクザ者の機嫌を気にしているのだ。

だが、ヤクザ者は鼻で笑っただけだった。

「俺も車に匿《かくま》ったくらいで恩を売ろうとは思っちゃいない。俺は、俠徳会《きょうとく》の羽黒《はぐろ》ってもんだ。あんたは？」

「佐伯という」

「素人じゃねえだろう。筋目はどこだい？」

「流れ者《モン》さ。親はいない」

「ほう……。これまで、どこにいた？」

「あんたにあれこれ質問される筋合いはないな……」

「てめえ、兄貴が下手《したて》に出てるのをいいことに……」

たまりかねたように、運転席の若い衆が怒鳴った。

「静かにしろ」

羽黒と名乗ったヤクザは、若い衆をたしなめると佐伯に言った。「そうとんがるな。あんたに興味があるだけさ。あんたが、たたんじまったやつらは、戸坂《とさか》組だ。けっこう腕の立つ連中だ。それを、赤子の手を捻《ひね》るようにあしらっちまった。スカウトしたくなるのも当然だろう」

「スカウト……？」

「そうさ。きょう日、極道の世界も人材不足でね……。そういうわけであんたの身の上に興味がある」

「東京で稼業に就《つ》こうと思っていたんだが、あっちの連中はどうもやりかたが性に合わなくてね……」

「経済ヤクザが主流だろうからな。あんたのような人材は生かせねえかもしれん。どうだ、うちにしばらく草鞋《わらじ》を脱ぐ気はねえか？」

「さっきの連中と事を構えるための鉄砲玉に使おうというのじゃないだろうな？」

「そういうのが好きなんじゃねえのか？」

羽黒はにやにやと笑って見せた。「心配するな。俺の仕事を手伝ってもらうんだ」

「どんな仕事だ？」

「まあ、手配師みたいなものだ」

「あまり実入りがいいようには聞こえないな……」

「そうか？」

羽黒は意味ありげに笑った。「だが、世の中、いろいろな仕組みがあってな……」

「ほう……。どういう仕組みだ？」

「そいつは今は言えねえ」

「面白そうな話だが、そういうふうに思わせているだけか？」

「どうかな？」

「いいだろう」

佐伯涼は言った。「どうせ、職を探していたんだ」

羽黒は、満足げにうなずいた。

「話は決まった。一杯やりに行こうじゃないか」

2

佐伯涼は、名古屋の繁華街、栄《さかえ》で、無謀に喧嘩を始めたわけではなかった。

あの喧嘩は、綿密に計画されたもので、待ちに待ったチャンスをものにしたのだった。彼は、暴力団を嫌っていた。憎んでいたといっていい。

しかし、だからといって、そのせいで、ヤクザに喧嘩を売ったりはしない。彼は、ただ憎むだけでなく暴力団のことをよく知っていた。

暴力団の恐ろしさをいやというほど知っているのだ。

彼は、かつて、警視庁刑事部捜査四課の刑事だった。つまり、マル暴刑事《デカ》だ。

当時の彼の捜査方法は、かなり強引だった。暴力団を情け容赦なく取り締まったのだ。そのやりかたは、ヤクザ狩りとさえいえるものだった。

彼が暴力団を憎むようになったのには、その生い立ちが影響している。

佐伯涼の祖父は、旧陸軍の特務機関に所属しており、暗殺を主な任務としていた。

佐伯の家には、代々『佐伯流活法』というきわめて実戦的な武術が伝わっており、祖父は、おおいにその『佐伯流活法』を任務に役立てた。佐伯涼の父は、『佐伯流活法』の奥伝として伝わる整体術の治療院を開いた。

父は、整体を生業《なりわい》としていたのだが、それ以前に、ほんの一時期ではあるが、祖父と同じく金で人殺しを請け負っていたことがある。戦後の混乱期のことだ。

当時は、誰もが生きるのに必死で、平和な時代と倫理観がまるで違っていた。

整体院を開いてつつましく暮らしていた父親に、あるとき暴力団が接触してきた。暗殺者として生きていた時代のことを嗅ぎつけ、利用しようとしたのだ。

父は、それくらい腕が立った。

運悪く、その時期に佐伯涼の母親が重い病気にかかった。血液の癌《がん》と呼ばれる、急性白血病だった。

当時はまだ骨髄移植などの治療法が確立しておらず、死病として現在よりはるかに恐れられていた病気だ。

父は、母親の入院加療のために金が必要となった。

彼は、暴力団の用心棒となった。

そして、いいように利用されたあげく、抗争の際に、刺されて死んだのだった。

父はヤクザに楯《たて》にされ、あっけなく死んでいった。

彼は、死ぬまで、ヤクザに手を貸したことを悔やんでいた。

収入の道がなくなり、母は、病院を出なければならなかった。やがて、母も死んだ。

涼は親戚に預けられて育った。大学に行くことを望める状況でもなく、彼は、高校を卒業するとすぐに警察官になった。

いくつかの配置転換の後に念願のマル暴刑事となった佐伯涼は、憑《つ》かれたようにヤクザ狩りを始めた。両親の仇討ちという気持ちもないではなかった。

しかし、暴力団がこの世にある限り、自分のような思いをする人間が増え続けるだけだという純粋な思い込みがあったのだ。

暴力団に関われば関わるほど、暴力団の卑劣さ狡猾《こうかつ》さを思い知った。彼は、暴力団を憎み、暴力団と戦うことが自分の義務であると信じるようになっていった。

だが、突然、彼は、環境庁の外郭団体に出向を命じられた。

警察の外郭団体はたくさんあり、そこに現職の警察官が出向することはそれほど珍しいことではなかった。しかし、環境庁の外郭団体に出向するという話は聞いたことがなかった。

佐伯涼は、体《てい》のいい懲戒免職なのだと思った。事実、出向する際に、彼は、警察手帳も手錠も拳銃を携帯する権限も取り上げられていた。

佐伯涼が刑事でいるあいだは、暴力団も手を出せなかった。だが、警察を辞めたと知ったとたん、暴力団が牙をむいてきた。

佐伯涼の育ての親は、息子夫婦といっしょに住んでいた。息子夫婦には幼い子供がいた。

暴力団は、その家に爆弾を仕掛けた車を突っ込ませた。

佐伯涼の育ての親である老夫婦と、その息子夫婦、そして幼い子供は、ばらばらのミンチにされた。彼らの遺体は、バケツ二杯分の肉片でしかなかった。

佐伯涼の、暴力団に対する憎しみはさらにつのった。

彼が出向したのは、『環境犯罪研究所』という機関だった。佐伯涼を入れてたった三人で構成された機関だった。

所長の内村尚之《うちむらなおゆき》が、佐伯涼に与える仕事は、驚いたことに、警視庁時代とあまり変わらなかった。つまり、ヤクザ狩りだ。

内村尚之所長は、この研究機関を作る際に、人選をまかされ、佐伯涼を名指しで指名したのだという。

彼は、明らかに佐伯涼の警視庁での仕事ぶりに興味があったのだ。

環境庁の外郭団体がなぜ暴力団狩りを行うのか、いまだもって佐伯涼には理解できなかった。

それについて、内村は、「暴力団が関与するのは、環境犯罪におけるひとつのパターンなのだ」と説明するだけだった。

ある日、佐伯涼は、いつものように内村に呼ばれた。今回の仕事の状況説明だった。

「名古屋にしばらく出張していただきたいのですが……」

内村所長は、佐伯涼が所長室にやってくるなり言った。

「名古屋……？」

内村所長は、佐伯に紙製のホルダーを手渡した。このホルダーは、牛乳の紙パックなどを回収して作られた再生紙で出来ていた。

『環境犯罪研究所』で使用されているコピー用紙なども再生紙だ。

だが、この研究所のもうひとりのメンバーである白石景子《しらいしけいこ》にいわせると、これは、所長の環境庁に対するポーズでしかないのだ。

再生紙がコストの面だけでなく、環境保護の点からもあまり意味がないことを内村所長はよく知っている。パルプから紙を作るにも回収した古紙から紙を再生するにも工場での工程にはそれほど変わりはない。つまり、同様にエネルギーを費やし、汚染物質を吐き出すことになるのだ。

むしろ、再生紙を作る場合のほうが、汚染物質は増えるといわれている。紙を漂白するために塩素を多量に使用しなければならないからだ。塩素を使用すると、有機物と化合して最悪の汚染物質であるダイオキシンが発生するのだ。

内村が、役所に対してそうしたポーズを平気で取る男であることに、佐伯もすでに気づいていた。

内村は、若いエリート官僚で、まさにそれらしい風貌をしている。だが、佐伯は、内村が、見かけよりずっと手ごわい男であることを知っていた。内村の眼鏡の奥にある眼は、決してひるむことがないのだ。

佐伯は、手渡されたホルダーを開いた。いつものように、新聞記事のコピーや、パソコンで清書された資料が綴《と》じてある。

「原発の事故ですか？」

「そう。細管の破砕事故です」

「新聞の記事を読むかぎり、大した事故のようには思えませんがね……」

佐伯はそう言うと、内村は心底驚いたような顔をした。

「細管が破損して放射能が漏れ出した。これが大した事故ではないというのですか?」

「ここにも書いてある」

佐伯はある新聞記事のコピーを指さした。そして、それを読み上げた。「日本で現在稼働中の原発四十三基のうち二十基が、事故を起こした原発と同じ加圧水型で、毎年のように蒸気発生器の細管損傷が見つかっている」

「情報操作ですよ」

内村は事もなげに言った。

「情報操作?」

「そう。細管破損が大したことではないという印象を人々に与えようとするためのね。実際には恐ろしいものです。一歩間違えば、チェルノブイリの二の舞です。一九九三年五月、アメリカでは、同様の事故を起こした原子力発電所を閉鎖してしまいました。日本だから、地元の住民を騙《だま》し、世論を騙しながら、操業が続けられるのです」

「そういえば、いつだったたか、細管が完全に切れちまったというので大騒ぎしたことがありましたね……」

「一九九一年二月。美浜原発二号機の事故でした」

「なるほど、喉元過ぎれば、というやつですね。ところで、俺は細管がどういうものかも知らないし、それが破損するとどうなるかも知らないのですが……」

「加圧水型の発電所では、まず、原子炉で加熱された熱水を三千本から四千本の細管の中に通してやるのです。その細管の回りにも水があり、その水が沸騰して蒸気を発生し、タービンを回すというわけです。原子炉で加熱され、細管を通る水を第一次冷却水といい、細管で熱せられる水を第二次冷却水といいます。原子炉によって加熱される第一次冷却水は放射能を含んでいます」

「三重県の原発で、細管破損の事故が起きた……」

佐伯は、ホルダーのなかの資料を読み進み、尋ねた。「それで、なぜ、俺が、名古屋へ行かなくてはならないのです?」

「事故の後には様々な事後処理をしなければなりません。原子力発電所の事故ですから当然放射能汚染が考えられます。安全な場所からコントロール・パネルを見ていて全ての処理ができるなら問題はありません。ですが、事後処理というのはそういうものではありません。むしろ、危険な汚染区域に足を踏み入れて、手動で行わなければならない作業のほうが多いものです」

「そうした専門の作業員がいるのでしょう?」

「どういう専門の? 放射能にさらされても平気でいられる特殊な体質の作業員ですか?」

「つまり、危険を回避する方法を学んだ作業員たちです」

「放射能の危険を回避する方法などありませんよ」

「しかし、日常的に発電所で作業をしている人だっているわけでしょう」

「だから、労働省は原子力発電所内での被曝を労災として認定したのですよ」

「労災として認定? つまり、それは、国が原発は放射能障害の危険があると認めたということですか?」

「福島第一原子力発電所内で一九七九年十一月から約十一カ月間、原子炉内の配管腐食防止などの工事に従事した作業員がいました。三年後、慢性骨髄性白血病と診断され、八八年に死亡しました。三十一歳でした。一九九一年十二月、労災が認められました」

「白血病か……」

「この病名にはおそらく独特の思い入れがおありでしょうね。確か、お母さんがこの病気で亡くなられている……」

「気にせんでください」

「静岡県の浜岡原子力発電所でも、保守・点検を行う関連会社の作業員が、同じく、慢性骨髄性白血病で九一年に死亡しました。この件が労災認定申請されています。これまで、兵庫県で二名、同様の労災認定申請が出されています」

「だが、電力会社は、反論している……？」

「そう。原子炉等規制法などでは、放射線作業従事者の年間被曝量が五〇ミリ・シーベルト以下と決められているが、浜岡原子力発電所で死亡した作業員の場合、この値を超えていない——中部電力ではそう主張しています」

「そうだろうな……。企業の論理なんてそんなものだ。炭鉱の塵肺訴訟だってそうだ。労働者の健康を本気で考えていたら、企業はたちまち破産だという人もいる」

「この労災認定は、氷山の一角でしかありません。労災どころか、いつ死んだかもわからない作業員が大勢いるといわれています」

「ほう……。そりゃ、どういうことです？」

「原子力発電所はそれ自体が大がかりなプラントですから、保守や整備にたいへんな手間と労力がかかります。いざ、故障が発見されると、技術者はその修理を行います。しかし故障に伴う面倒ごとを技術者が片づけるわけではありません。たいてい、日常の保守・点検は、下請けの関連会社がやっています。その関連会社は、放射能の危険を承知で作業員を送り込まなければならないのです。しかし、そうした労働力がたやすく見つかるはずはない……。そこで、ある人々が活躍し始めるわけです」

「わかるような気がする。口入れ稼業は、古くから暴力団の資金源です」

「あくまでも噂のレベルなのですが、原子力発電所が商業運転を開始して以来、職にあぶれた季節労働者や住所不定のアウトローたちが使い捨ての労働力として送り込まれてきたと言われています」

「別に驚きませんね。日本のエネルギー産業はそういう連中に支えられてきた側面があります。かつての北海道や九州の炭鉱では日常のことですよ。そういう体質というのは、なかなか変わるものではない。原発というと、たいへん近代的な感じがしますが、実際にはそんなものでしょう」

「そう。炭鉱では、落盤事故や塵肺。原子力発電所では、放射能障害。同じ歴史が繰り返されているのかもしれません。しかし、そうした非合法の手段を組み込まなければ機能しないシステムは、日本の真の近代化にとって決してプラスにはならないのです」

「所長は反原発論者ですか?」

内村所長は、まったく意外なことを質問されたといった表情をした。ぽかんとした顔で佐伯を見つめている。

佐伯は、たいへん居心地が悪くなった。

「俺は、何か変なことを言いましたか?」

「反原発?　それは意味のないことです」

「原発は必要なのだと……?」

「逆ですよ。核燃料による発電など、本来必要ないのです。原発を作ろうというのは純粋に政治的問題です。つまり、利権の構造でしかありません。政府が作るといったものは、国民を殺してでも、国土を破壊してでも作るものです。成田空港がいい例です。だから、原子力発電所が必要でないという事実と、原発推進というのは別の次元のものです」

「身も蓋もない言いかたをしますね」

「事実ですよ。電力会社は、電気を売らねばならない。毎年、需要を増やさなければならないのです。その結果、電力が不足するという机上の試算が出てくるのです。

役人は、そうした試算だけでものごとを判断し、政治家は、役人のいうことを鵜呑《うの》みにする。そして、商社、ゼネコン、地域政治家そろっての原子力発電推進の政策が出来上がる……」

「あなたも公務員でしょう」

「何度も言いますが、公務員というのは、ただ国の用を足すのではなく、国を良くするために働かなくてはならないと、私は信じているのです」

「その言葉が、所長以外の役人の口から出たのなら、俺は、大笑いをするでしょう」

「佐伯さんにそう言われるのは光栄ですね」

「あなたは、たてまえのためにキャリアどころか命までも懸ける人だということがわかってきた」

「それが、国のために働くということです」

「悪びれずもせず、そう言ってのけるだろうと思ってましたよ。それで、名古屋というのは……？」

「外国人の不法就労者が、今回の原子力発電所の事故で死亡しているという内部告発があったのです。その内部告発は、三重選出のリベラル派議員のもとに届けられました。議員は、手続きを踏んで、質問しましたが、通産省および、労働省の調査の結果、その様な事実はないという結論が出されました。その内部告発をした職員は、交通事故で死亡しました」

「暴力団の臭《にお》いがぷんぷんしますね……」

「さまざまな情報を検討した結果、三重県の原子力発電所の労働力を、名古屋の侠徳会という暴力団が提供しているということがわかってきました」

「侠徳会の名は聞いたことがあります。なるほど、それで、俺に潜入しろと……」

「そうは言ってません。調査のため、名古屋に行っていただきたいのです」

「同じことを言っているように聞こえる」

「まあ、やりかたは、あなたに任せます」

「バックアップは?」

「出来る限りのことはしますよ」

「まあ、そうでしょうね。ということは、ほとんど、独力でやれということですね」

「あなたがやりやすいようにやればいい。あなたには実績があり、私はその実績を信頼しています」

「部下をおだてるのがうまい」

「いえ、本心ですよ」

佐伯は、ホルダーを閉じて部屋を出た。

所長室の外は、コンピュータやファックスといったOA機器と、ふたつの机が並ぶ事務所になっている。

ふたつの机は向かい合わせにおかれている。コンピュータ、光ファイル・システムなどを使用するのは主に白石景子だった。

佐伯は、自分の席に腰を降ろすと、白石景子に言った。

「名古屋に出張だ」

白石景子は、眼を上げてうなずいた。

「新幹線を手配します。出発はいつですか？」

「そうだな……」

佐伯は考えた。「準備に二日ほどかかる。三日後の朝だ」

「わかりました。ホテルは？」

「いらない。ホテルでのんびりできるような出張ではないようだ」

白石景子は、またうなずいた。ただそれだけだった。余計なことは一切言わない。

彼女の美しさはほぼ完璧だった。秘書の理想像をそのまま具現化したように、有能でひかえめだ。髪は清楚にまとめられており、タイト・スカートのスーツがよく似合った。

だが、彼女は、自宅でくつろぐときもまた魅力的だった。ジーンズやスウェットのセーターといったラフな装いが、また、彼女のまったく別の美しさを引き出すのだ。

佐伯は、電話に手をのばすと、すっかり馴染みになっている番号をダイヤルした。警視庁捜査四課の直通番号だった。

相手が出ると、佐伯は言った。

「奥野《おくの》巡査長を……」

動をする。

3

奥野巡査長は、佐伯の警視庁時代の相棒だった。刑事は、通常、ふたり一組で活動をする。

当時、新米刑事だった奥野は、部長刑事だった佐伯に預けられたのだった。

「チョウさん。また、僕を利用するつもりですね？」

奥野は、今でも、警視庁時代の呼びかたをする。

「いけないか？　警察官は市民のために働くものだ」

「学校では、そうは習わなかったような気がするな……」

「教官がいけないんだ。名古屋の俠徳会について知りたい」

「名古屋……。チョウさん、縄張りを広げたのですか？」

「俺は今、環境庁の仕事をしているんだ。全国区なんだよ」

「東京にだって、暴力団はまだまだ山ほどありますよ」

「何か勘違いしているようだ。俺の仕事は、環境犯罪の調査だ」

「……と言いながら、いくつの暴力団を壊滅に追いやったのです？」

「俺は俺のやりかたで調査をする。それが気に食わないやつが出てくる。俺はあくまで調査を続けようとする。それだけのことだ。俠徳会のことを教えてくれ」

「何があったんです？」

「警視庁のおまえさんにはあまり関係ないと思うがな……。東京以外のことに関心を持つ暇などないはずだ」

「俠徳会のことを教えろ、はい、わかりました、というわけにはいかないんですよ。わかるでしょう、チョウさん」

奥野は、思いついたように言った。「そうだ、これから僕がそちらに行きましょうか？」

佐伯は、思わずにやりとしていた。その気持ちが声に出ないように気をつけながら言った。

「そうだな……。庁内では、話しにくいこともあるだろう。待っている」

佐伯は電話を切った。

奥野が『環境犯罪研究所』にやってきたがる理由が、佐伯にはわかっていた。奥野は、かつての先輩刑事に会いたいわけでもなければ、足を運んでまで情報が欲しいわけでもない。

彼は、白石景子に会いたいのだ。

かなり以前から、奥野が白石景子に好意を抱いているのに、佐伯は気づいていた。

「奥野が来る」

佐伯は、白石景子に言った。

白石景子は、眼を上げて、うなずいた。

「何か必要ですか?」

「君がいれば、それでいいんじゃないのかな?」

白石景子は、またうなずいた。佐伯は、彼女がかすかにほほえんだ気がした。あたたかく、おだやか、それでいて神秘的なほほえみだ。

佐伯は、こんな笑いかたができる女性をほかに知らない。

育ちというものは隠せない、と佐伯は思った。人間は、血や育ちといったものから逃れられないのかもしれないと、佐伯はつい考えてしまう。

彼自身が、暗殺者の血筋から逃れられないように――。

佐伯の祖父も父も、暗殺を生業としていた一時期がある。佐伯は、それを血の呪縛だと信じていたことがあった。

佐伯の先祖は、佐伯連子麻呂《さえきのむらじこまろ》だ。大化改新のきっかけとなった、蘇我入鹿《そがのいるか》暗殺のメンバーだった。

佐伯連子麻呂は、葛城稚犬養連網田《かづらきわかいぬかいのむらじあみだ》とともに、六四五年六月一二日、蘇我入鹿を暗殺した。

佐伯連子麻呂は、また、同じ年に起きた古人大兄《ふるひとおおえ》謀叛《むほん》事件の際にも出兵し、刺客として活躍している。入鹿暗殺のときと同様に中大兄《なかのおおえ》の命を受け、阿倍渠曾倍《あべのこそべ》とともに兵を率いて出向き、古人大兄とその子を斬殺したのだった。

中大兄は、当然これだけの働きをした佐伯連子麻呂を優遇した。子麻呂は、四十六町六段という破格の功田《くでん》を与えられた。

また、皇太子であった中大兄が、病気見舞いのために、子麻呂の自宅を訪ねたこともあったという。

しかし、子麻呂とその一族は、これだけの厚遇を得ながらも、朝廷で重職につくことはなかった。佐伯連は、子麻呂の死後、やがて歴史の陰に消え去っていく。

一説には、民族的な問題があったといわれている。

当時、宮廷の警護を担っていたのは、蝦夷《えみし》と隼人《はやと》だった。弥生《やよい》時代以降の日本人とは、異民族だ。

蝦夷の兵を束ねていたのが、佐伯連であり、隼人を治めていたのが、葛城稚犬養連だったといわれている。

佐伯連の同族、讃岐《さぬき》の佐伯氏からは、あの空海が出ている。

空海が出家したのは、熾烈《しれつ》な門閥闘争に耐えられなかったからだと伝えられているが、いっぽうでは、民族的な悩みを抱えていたのが理由だといわれている。

蝦夷の血を引く空海は、生まれた時点で出世の道を閉ざされていたのかもしれない。彼が、世に出るためには、出家するしかなかったのだろう。

佐伯涼の家には、佐伯連子麻呂の血脈とともに、『佐伯流活法』が伝えられた。祖父や父親が暗殺者の道を選んだのも、その血のせいではないかと悩んだ時期が、佐伯涼にはあった。

佐伯連子麻呂とともに、異民族の兵を治め、蘇我入鹿暗殺に赴いた葛城稚犬養連網田——佐伯涼は、『環境犯罪研究所』で、その葛城稚犬養連網田の子孫と出会うことになる。白石景子だった。

彼女の母親の旧姓が葛城だった。彼女の家は、代々の資産家だったが、今では、横浜の山手にある屋敷が、唯一の財産だということだった。

佐伯涼は、『環境犯罪研究所』で、葛城稚犬養連網田の子孫である白石景子に出会ったことをたいへん奇妙な体験と思いつつも、偶然ではありえないと考えていた。内村所長の仕業に違いないのだ。

どういう目的なのかは、わからない。質問したことはあるのだが、はっきりしたこたえが返ってきたことはない。

内村の真意を読み取ろうという試みは、たいてい失敗する。

佐伯涼は、現在、白石景子の家に居候をしていた。白石景子はひとり暮らしだった。

だが、彼女のような人間のひとり暮らしというのは、使用人を数に入れないのだ。白石景子の家には、古風な執事がひとりおり、佐伯涼は、彼のことが気に入っていた。

彼女の家は、大邸宅で、その気になって探さないかぎり、家のなかで、佐伯涼と白石景子が会うことはあまりなかった。

佐伯涼を白石景子の家に居候させることを決めたのも、内村所長だった。

『環境犯罪研究所』は、永田町《ながたちょう》の赤坂寄りの一角にあり、警視庁からはたいへん近い。奥野は、電話の十分後に現れた。

いつものように白石景子が、戸口で出迎えると、奥野は、高校生のようにどぎまぎとした。

奥野が情けないというより、白石景子のせいだった。たいていの男性は、白石景子を見ると同様の反応を見せてしまう。どんな男性もとびきりの美女には弱いものだ。

佐伯は、奥野を部屋の隅にあるきわめて質素な応接セットのソファに座らせた。

「早いな。パトカーのレスポンス・タイム並だ」

「仕事は迅速に。チョウさんに教わったことですよ」

「仕事かどうかはわからんよ」

「警察官にとって情報収集は立派な仕事ですよ。俠徳会が、どうしたんです?」

「ある原子力発電所で、外国人労働者が事故で死亡したという内部告発があった。その発電所に作業員として労働力を提供していたのが、俠徳会だということだ」

「そういう話は聞いたことがあります。それが問題なのですか?」

「なぜ問題ではないんだ?」

「口入れ稼業をやっている暴力団は少なくありません。暴力団の資金源であることは問題ですが、それほど違法性が強いわけではない。そういう類の話をいちいち摘発しちゃいられませんよ」

「入国管理法に違反している」

「でも、それは、チョウさんの役目じゃない。そうでしょう？」

「原子力発電所というのが私たちの関心なのかもしれない」

「……かもしれない？　妙な言いかたをしますね……」

「俺は、所長に命じられて任務を遂行するだけだ。所長が暴力団と原子力発電所の関係を気にしている」

「それで調査をするというわけですか？」

「そういうことだ」

「それだけですか？」

「それだけだ」

奥野はどうするか決めかねているようだった。彼は、黙って考え込んだ。

そこへ、白石景子が茶を運んできた。絶妙のタイミングだった。

奥野は、彼女を鑑賞するという誘惑に勝てないようだった。その、心の隙を佐伯は衝いた。

「おまえが詳しいことを教えてくれないと、俺は、行き当たりばったりで調査に赴くことになる」

奥野は、明らかに白石景子の反応を気にしていた。

白石景子はすかさず、しかもごくさりげなく言った。

「それは、あまりにも危険じゃありませんか？」

佐伯はこたえた。

「危険だ。だが、しかたがない」

奥野は居心地が悪そうにかすかに身じろぎしてから言った。

「何が知りたいんです？」

白石景子は、かすかなコロンの香りを残して立ち去った。

「何もかもだ」

「俠徳会は、名古屋に古くからある博徒系の暴力団で、主な資金源は、ミカジメ料やノミ屋、そして手配師などです」

「それほど荒稼ぎしているとは思えない内容だな」

「手広くやっているんです。バブルの頃は、不動産関係で随分儲けたようですね。悪どい地上げをやったそうです。組長の名は、輪島彰吉《わじましょうきち》。六十代の後半で、こいつは、坂東連合系浦賀組の組長、浦賀洋一《うらがよういち》と五分の杯《さかずき》を交わしています」

「浦賀組の組長と兄弟分というわけか……」

坂東連合は、関東を中心とした広域暴力団で、全国二十五都道府県に約八千人の組員を擁している。かつては、百八団体あったが、佐伯が、そのうちの三つの組を解散に追いやっていた。

「輪島組長は、隠居寸前で、実権は若頭の羽黒進《すすむ》が握っているようですね。羽黒は、ばりばりの武闘派です」

「どこに行けば、その羽黒に会えるかな？」

「さあね……。僕は、愛知県警の人間ではありません。そういう細かなことは……」

「おまえは知らないかもしれないが、この事務所には、電話という便利なものがあるんだ。ありがたいことに、電話は名古屋に通じるかもしれない」

奥野は、溜め息をついて立ち上がり、受話器を取った。

彼は、愛知県警の知り合いを呼び出して、あれこれ尋ねた。

奥野は、ソファに戻ってくると、佐伯に言った。

「栄のあたりに、新興勢力の戸坂組が進出してきて、羽黒はその対応に腐心しているようですね」

「俺が、愛知県警を訪ねて、今名前が出た連中の写真を見たいと言ったとする。もし、おまえが、影響力を行使すれば、そのようなことが可能になるだろうな？」

「チョウさん、まだ警察官なのでしょう？」

「そうだと思いたいな……。だが、俺は、警察手帳を取り上げられている。どうやって、自分が警察官だということを愛知県警の人間に信じさせるんだ？」

「警視庁に電話させればいい」

「無用な軋轢《あつれき》は避けたいんだ。おまえが段取りをしてくれたほうが、話が早い」

「わかりましたよ」

奥野は、もう一度同じ番号に電話し、同じ相手を呼び出した。佐伯の名を告げ、佐伯は身分を秘匿する必要があるが、間違いなく警察官であり、協力をしてやってほしいと伝えた。

電話を切ると、奥野はまた戻ってきて言った。

「相手は、愛知県警本部の榊原《さかきばら》という巡査長刑事です」

佐伯は、榊原のことを知っていた。暴力団対策の全国連絡会議で、一度会ったことがある。

だが、相手が佐伯を覚えているという保証はない。しかも、佐伯は現役の刑事ではない。コネがあるといっても、その効力には限界がある。やはり、現役の刑事である奥野の力を借りるべきなのだ。

警察は役人の社会であり、役人はたいへん排他的なのだ。

「チョウさん」

奥野は真顔で言った。「都内でならば、僕は、どんな協力でもします。でも、名古屋となると手が届きません……」

「心配してくれるのか。感激だな。一人前になった教え子を見る教師の気持ちがわかる」

「無茶はやらんでください」

「いろいろと協力してくれた礼をしなけりゃならんな。どうだ、今夜、食事でも」

「榊原巡査長が言ってました。いま、栄はかなりキナ臭いって……」

「男ふたりで食事というのも無粋だ。白石くんでも誘おうか」

その一言は、奥野にとってこのうえなく魅力的なはずだった。だが、奥野の表情は晴れない。

彼は、本気で心配しているのだ。

「心配するのは勝手だ。だが、俺はやるべきことはやらねばならん。さ、白石くんの今夜の都合を聞いてくることにしよう」

佐伯は、翌日から二日かかって、事故のあった原子力発電所のことについていろいろと調べた。

死亡事故の知らせを受けたという三重県選出の衆議院議員にも面会を申し入れた。多忙であるという理由で、直接議員に会うことは出来なかったが、秘書や事務所の職員が、いろいろと資料を揃《そろ》えてくれた。

死亡したのは、不法残留していたバングラディッシュ人だった。

電力会社の下請けで働いていたのだという。未確認情報によると、下請けの会社では、何人もの人間が、放射能が原因と考えられる病気で死亡しているらしい。

本来ならば、入院加療が必要な人間が、ある日、忽然《こつぜん》と消え失せるのだという。

そして、次々と新しい労働力が送り込まれる。就労者の多くは、死んだバングラディッシュ人と同様の不法残留外国人だという。あるいは、暴走族やツッパリのなかで、住所不定になっているような連中も混じっていたという情報もあった。

だが、労働省などが調べたところ、そういう事実は一切確認できなかったということだ。これは、内村所長が言ったとおりだった。

佐伯は、こうした一連の出来事の裏に、はっきりと暴力団の臭いを嗅ぎ取った。理屈ではない。長年、マル暴刑事をやってきた佐伯にはわかるのだ。

さらに、佐伯は、名古屋の地図を買い、だいたいの地理を頭に入れた。実際に足を運んで土地鑑《とちかん》を付けるのが一番だが、その時間的余裕がないかもしれないと考えたのだ。

事前に地図を調べておくと、現地で地図を広げたときに理解しやすいものだ。

出発の前夜、佐伯は、荷物をまとめていた。五本の手裏剣《しゅりけん》が革のシースに納まっており、彼は、そのシースをバッグの底にしまった。『佐伯流活法』には、手裏剣術も伝わっている。

佐伯は、手裏剣を得意としていた。手裏剣には殺傷力はあまりない。だが、敵の動きをとめ、戦意を喪失させるのには役立つ。

十メートル以上敵と離れていたら自信はないが、八メートルの距離だったら、正確に命中させることができた。

また、彼は、パチンコの玉を十個ばかりバッグに入れた。『佐伯流活法』の「つぶし」という技に使うのだ。

パチンコ玉を手の中に握り、一個ずつ人指し指の腹に載《の》せる。それを親指の爪の側で強く弾《はじ》くのだ。

これも五メートル離れると、ほとんど役に立たないが、三メートル以内ならば、絶大な威力を発揮してくれる。

「つぶし」という名がどこから来たのか、佐伯も知らない。目を狙うことが多いので、「目つぶし」の意味なのかもしれない。また、「礫（つぶて）」が転化したのかもしれなかった。

荷造りをしていると、ドアをノックする音がした。ドアの外には、執事が立っていた。

「お嬢さまが、食堂で、寝酒をご一緒にいかがかと申されておいでですが……」

「悪くないな。すぐに行くと伝えてくれ」

階下の食堂へ行くと、白石が、赤ワインの入ったグラスを前に座っていた。

事務所で見るより、五歳は若く見えた。コットンパンツにポロネックのセーターというくつろいだ恰好と、化粧を落としているせいだった。危ういくらい美しかった。

「誘っていただいて、光栄だ」

「こちらこそ、来ていただいて光栄だわ」

「だが、食堂はいけない」

「なぜ？」

「最後の晩餐《ばんさん》といった感じがする」

「神経質になっているのね」

「俺はいつでもびくびくしてるのさ」

「いいわ、リビングルームへ行ってくつろぎましょう」

彼女は、ふわりと立ち上がった。

4

佐伯は、栄で、戸坂組と派手に喧嘩するところを羽黒進に見られる必要があった。それについては、愛知県警の榊原刑事が請け合ってくれた。

現在、俠徳会は、神経質なくらいぴりぴりしており、栄でいざこざを起こせば、羽黒進が飛んで来るはずだと彼は言った。

事実そのとおりだった。

羽黒は、佐伯を連れてクラブを三軒はしごした。

翌朝、佐伯は、泊まっているビジネスホテルをチェックアウトし、俠徳会の事務所に顔を出した。

羽黒は、すでに事務所にやって来ていた。やり手の極道者は、サラリーマンより働き者だ。

事務所には、電話番の若い衆が三人おり、羽黒は、彼らに佐伯を紹介した。

「組長《オヤジ》は、まだ自宅だ。午後にならないとやってこない。それまでに、仕事の打合せをやっておこう」

羽黒は、佐伯に言った。

事務所のなかには、神棚があり、その両脇に提灯《ちょうちん》が並んでいる。威嚇するような墨痕《ぼっこん》が額《がく》に入れて飾ってある。全体に、白木と墨といった配色の感じがする古風な暴力団の事務所だった。

こうした事務所は、最近では、減りつつあった。

東京の暴力団事務所のなかには、リース会社から、背の高い鉢植えをごっそりと借り、部屋のなかに並べているところもある。ソフトなイメージを作ろうとしているのだ。

部屋の一角に、革張りの応接セットがあった。金のかかったもので、『環境犯罪研究所』の応接セットとは大違いだった。

羽黒と佐伯がそのソファに向かい合って腰を掛けると、若い衆がすぐさま茶を持ってきた。

「あんたの仕事は、基本的には、手配師だ」

羽黒が言った。「仕事にあぶれている連中を見つけて、現場に送り込む」

「その上がりをピンハネするわけか?」

「そんなけちな仕事じゃねえ。金は、別のところから出る」

「なるほど……。それで、俠徳会での俺の立場はどういうことになるんだ？　ゲソをつける必要があるのか？」

ゲソをつけるというのは、組員になることを意味する。

暴力団組織というのは、疑似家族制度によって成り立っている。組員になるというのは、その疑似家族の一員になることなのだ。

「あんたにそのつもりはあるのか？」

「いまのところ、ない」

「なら、しばらくうちに草鞋を脱ぐだけの客人という扱いにしておく」

「客人に、その仕事の金の出所を教える気にはならんだろうな？」

羽黒は、にやりと笑った。俠徳会の若頭だけあって、凄味のある笑い顔だった。

「知りたけりゃ教えてやる。電力会社さ」

「電力会社？」

「そうだ。電力会社は、下請けの会社を作って雑用をやらせている。俺たちは、その下請けの会社のまた下請けで、作業員を斡旋《あっせん》するというわけだ」

「きわめてまっとうな商売に聞こえるな……。それで、いいシノギになるとは思えない」

羽黒は、また笑った。やはり凄味のある笑いだが、今度は、どこか面白がっているような感じがした。

「働く場所がまっとうならな……」

「どこなんだ？」

「原発のなかさ」

「原発……？　なぜまっとうじゃないんだ？　発電所のなかは、充分安全が考慮されているはずだろう？」

「安全なら、原発を田舎町に建てる必要はねえさ。漁師がな、泣きながら言うんだぜ。原発ができてから、気味の悪い奇形の魚が獲《と》れるようになったって。農家のやつらは、作物の花の色がおかしくなったっておびえている。放射能のせいだ」

「なるほど……。それで、常に新しい労働力が必要になるわけだ」

「そういうことだ。原発のなかったって、いろいろなんだ。コントロール・ルームみたいなところは、きわめて安全だ。そこで働くのは、電力会社の社員だ。だが、原子炉の近くや、配管の掃除、チェックを日常的にやらなくちゃならねえ。そういうところで働く人間は、放射能のせいで、すぐにだめになっちまう。病気になっちまうんだ。だから、俺たちが、生きのいいやつを送り込まなくちゃなんねえんだ」

「……ということは、病気になろうが、死のうが、気にするやつがいないような連中を探さなきゃならないんだな……」

「そういうことだ。最近は、放射能障害が、労災として認められたりし始めたからな……。身元がはっきりしているような連中は雇うと面倒なんだ。幸い、このところ、不法入国や、不法残留の外国人のおかげで、人材にはことかかないよ」

「使い捨ての労働力というわけか……？」

「そうだ。電力会社ってのは、国の肝煎《きもい》りでやってんだろ？　つまりは、国の方針で原発作って運転してるわけだ。その実情ってやつは、俺たちヤクザ者もたまげるほどえげつないもんだぜ」

「実際には、俺は何をやればいい？」

「しばらく俺について回ってくれ。仕事の最中に戸坂組がちょっかいを出してくることがある。それを片づけてもらう」

「戸坂組は俠徳会の利権を狙っているというわけか？」

「そうだ。新参者は無茶をやるからな……」

「わかった」

「あんた、宿は？」

「ゆうべまでビジネスホテルに泊まっていた。今は宿無しだ」

「うちの組で、接待用に持っているマンションがある。しばらくはそこにいるといい」

「俠徳会は羽振りがいいらしいな。バブルがはじけて以来、東京の組の多くは、負債を抱え込んで、ひいひい言ってる」

「いつの時代も、稼ぐ方法はある。チャンスを見逃さないことだ。あんたも、このチャンスをものにするんだな」

若い衆のひとりが、羽黒を呼びにきた。電話が入っているという。

電話の内容は込み入っているようだった。羽黒は長電話をし、それを切ると、別のところに掛けた。

暴力団は、情報産業でもある。電話連絡は、彼らの生命線だ。

羽黒は、佐伯のことを忘れてしまったように電話連絡に没頭し始めた。

昼近くなって、羽黒は、若い衆に、店屋物の出前を取るように命じた。暴力団員は、出前を好む。外に出て、一般市民の中に混じって食事をするのを嫌うのだ。

羽黒は食事の間にも、掛かってくる電話に出て話を続けた。

午後一時になると、組長が事務所にやってきた。

組長の輪島彰吉は、六十代半ばの小柄な男だった。黒いスーツを着ており、臙脂《えんじ》の地にペイズリーの柄の入ったアスコット・タイを巻いていた。ほとんどの髪が白髪だった。

小男で、顔つきはむしろ貧相だが、眼光だけは威圧感があった。偏執狂的な感じの眼だった。

組長が奥の部屋に消えると、羽黒は、佐伯を連れて挨拶に行った。

羽黒が佐伯を紹介すると、組長の輪島はじっと値踏みするような眼つきで佐伯を見つめた。

その後、急にまるで無関心の様子で目をそらすと言った。

「まあ、しっかりおやりなさい」

日が暮れて、栄の飲み屋街に灯がともる時刻になると、羽黒はようやく電話から離れ、外出の用意を始めた。

「佐伯。仕事だ。出掛けるぞ」

羽黒は、運転手役の若い衆をひとり連れ、佐伯とともに、事務所のそばの駐車場へ足早に向かった。

駐車場には、黒塗りのメルセデスが駐《と》まっており、三人はそれに乗り込んだ。運転手役の若い衆は、半田《はんだ》という名だった。

半田は、慎重に車を走らせた。

名古屋のドライバーは、東京に比べると、かなり荒っぽい。ウインカーを出さずに車線変更するのが当たり前といった感じだ。

しかし、窓にフィルムを貼った黒いメルセデスに乗っているのがどんな連中かたいていの人間が知っている。羽黒の車の回りを走る車はすべておとなしくなった。

半田は、栄の一角にメルセデスを路上駐車させた。

「さあ、パトロールだ」

羽黒が車から降りた。佐伯がすぐあとに続いた。

「いつもこうして見回っているのか？」

「このところは、そうだ。体を張ってやつらの進出をくい止めなけりゃならん」

佐伯は羽黒のあとについて栄の裏通りを歩き回った。佐伯の隣には半田がいる。

サラリーマンや学生たちが道を開ける。店の軒下で開店準備をしている従業員のなかには、羽黒に挨拶をする者もいた。

そうした従業員たちは笑顔を浮かべている。だが、親しみのこもった笑顔ではない。卑屈な笑いだった。

(なるほど、こうした気分に酔ってしまう若者がいても不思議はないな)

佐伯は思った。

一種の特権意識だった。若者だけに限らず、人間は、こうした気分に弱い。

だが、幸いにして、佐伯には、そうした欲望が少なかった。さらに、彼には、免疫があった。

警察官は、暴力団などよりははるかに強い特権意識を味わうことができるのだ。

佐伯は、事務所を出たときからサングラスをかけていた。名古屋に、佐伯を知っている者がいるとは思えない。しかし、いないとは限らないのだ。

そして、なるべく顔を覚えられないほうがいいことはわかりきっていた。

羽黒は、一軒のスナック・バーに入った。

「酒でも飲まねえとやってられねえ……」

「こうしているあいだに、どこかで揉《も》め事が起こっていたらどうするんだ?」

佐伯は尋ねた。

「別働隊が出ている。若い衆のパトロールだ。今は携帯電話という便利な物があってな……。何かありゃあ連絡が来るよ」

「なるほどな……」

「おまえも何か飲むといい」

いつの間にか「あんた」が「おまえ」になっていた。

「いや、飲むのは仕事が終わってからにするよ」

「律儀なんだな……。俺はそういうやつが好きだ」

「別にあんたに気に入られたいわけじゃない。いざというとき、酔っていたんじゃ、こっちの身が危ない」

羽黒はにやりと笑い、ウイスキーの水割りを口に運んだ。

羽黒は、酒が強かった。ウイスキーを二杯飲んだが、まったく変化がなかった。いま、彼の前には三杯目の水割りがあった。

スナック・バーに来て一時間以上たった。半田も佐伯同様に一滴も飲んでいない。彼の場合は、飲む権利がないのだ。

半田のポケットで、呼び出し音がした。彼は携帯電話を取り出した。

いざこざの知らせだった。

羽黒は、すぐさま席を立ち、店の外に飛び出して行った。佐伯と半田はその後を追った。騒ぎは、別の裏通りで起こっていた。

俠徳会の若い衆三人組が、戸坂組の三人組と向かい合っている。戸坂組の三人に、見覚えがあった。

佐伯が昨夜叩きのめした三人だった。

俠徳会の若い衆が羽黒に気づいて言った。

「カシラ！」

戸坂組の三人がさっと振り向いた。

三人は、羽黒と佐伯が一緒にいるのに気づいた。佐伯はサングラスをしていたが、戸坂組の三人にはすぐに見分けがついた。

彼らは、恥をかかされた相手の人相は、決して忘れない。

「てめえ、やっぱり俠徳会だったか……」

兄貴格の髪の短い男が唸《うな》るように言った。佐伯は、相手を挑発するように、笑いを浮かべて言った。

「縁があってな……」

「てめえを探していたんだ」

兄貴格の男は、汗をかいていた。汗をかきながら、残忍な笑いを浮かべている。

佐伯はすぐさま危険を察知した。

ヤクザ者がこうした表情をするときは、必ず何かを企んでいる。兄貴分が言ったことは本当だろう。

彼らは、佐伯を探していたのだ。昨夜の恨みを晴らすつもりだったに違いない。だとしたら、何か勝算があるはずだ。

佐伯は、警戒した。彼は、周囲の人込みを見回した。

佐伯は、一瞬ぞくりとした。

野次馬のなかに、ひどく不気味な男を見つけたのだ。

痩《や》せた男だった。長い髪を後ろで束ねている。黒いスーツに黒いシャツ。頰《ほお》は青白かった。生気が感じられない。眼だけが、異様に光っている。

佐伯は、三人を無視して、その男を見ていた。その男も佐伯を見ている。

戸坂組の兄貴分が言った。

「てめえは、ゆうべのことを死ぬほど後悔するんだ。いや……。後悔する暇《ひま》はねえかもしれねえ……」

それでも、佐伯は、兄貴分のほうを見なかった。痩せた不気味な男が気になっていた。

その男がゆらりと歩み出てきた。

羽黒もその男に気づいた。羽黒も喧嘩三昧で武道家にも匹敵する勘を養っていた。

瘦せた不気味な男は、ゆっくりと戸坂組と羽黒たちの間に立った。

彼が歩くあいだ、誰も動かなかった。男は、まるで体重がないかのような歩きかたをした。

回りの人間たちは、身動きが取れなかったといったほうがいい。

彼は一種異様な緊張感を感じさせた。恐怖感のようなものだった。

瘦せた男は、羽黒のほうを向いた。

佐伯は、ひどく落ち着かなくなった。

これまで、どんな極道者と向かい合っても感じたことのない威圧感を感じた。

「てめえら、このあたりででかい面《ツラ》できるのも今夜限りだ」

戸坂組の兄貴分がさきほどと同じ、奇妙な笑いかたをしながら言った。

「なるほど……」

佐伯は言った。「そいつが最終兵器というわけか……」

羽黒が信じられないという調子で、うめくように言った。

「素手斬りの張《ちょう》……」

「何だ？」

「中国拳法を使うんだ。これまで素手で何人も殺しているという殺し屋だ。刑務所《ムショ》にいたはずだ」

羽黒と佐伯のやりとりを聞いて、戸坂組の兄貴分が言った。

「時は流れ、人の境遇も変わる、というわけだ」

羽黒はまたつぶやいた。

「野郎……。出てきてやがったのか……」

素手斬りの張と呼ばれた男が一歩、佐伯のほうに歩み寄った。

その瞬間に、戦いが始まっていた。

言葉で牽制《けんせい》し合うことも、挑発し合うこともなかった。

素手斬りの張の体から、すっと力が抜けた。……と思った時には、張の拳が飛んで来ていた。正確に顔面の人中《にんちゅう》のツボを、人差し指の関節を高く突き出した拳で狙ってきた。

佐伯は、まったく反射的な動きでそれをかわした。かわすのが精一杯だった。

素手斬りの張の使った拳はたいへん危険な拳だった。中国武術では、鳳眼《ほうがん》拳と呼び、空手では、人差し一本拳などと呼ばれる。

多くは、点撃——つまり、急所のツボを衝くのに使用される。

この拳で鼻と上唇のあいだにある人中のツボを激しく衝かれると、激痛のために発狂するといわれている。場合によっては、ショック死することもある。

佐伯は、かわすために一歩さがっていた。それが失敗なのは明らかだった。

喧嘩の名手は、決して引かないといわれている。武術の妙技も、引かずに、合わせるところにある。

リング上の試合などでは、引いたり出たりという駆け引きが必要になってくる。決められた時間、決められたルール、決められた空間があるからだ。

だが、実戦的な武術ほど、相手が攻撃してくる瞬間を捉えるようになる。

その場合、勝負は一瞬で決まる。

相手を虚の状態にさせ、決め技を出すのだ。佐伯の得意な戦いかたも、そうしたものだった。

しかし、相手の動きがあまりに見事だったので、佐伯はさがるしかなかったのだ。さがった瞬間に相手のペースとなった。

5

ボクシングでも、空手でも、拳を武器とする格闘技では、右がかわされたら、すかさず左を出すように訓練する。

特に、ボクシングでは、そのようなコンビネーションが発達し、近代的な組手を主眼とする競技空手も、そのボクシング的なテクニックを取り入れた。

しかし、素手斬りの張の技は、まったく違っていた。

突いた腕を引かないのだ。

突ききったその場所から、別の攻撃に変化させるのだ。

肘《ひじ》や手首を柔らかく使い、突きを掌打や手刀に変化させて打ちつけてくる。右手だけに気を取られていると、左で胴体を狙ってくる。胴体を狙うときは、必ず掌打だった。

空手の掌底打ちとは少し違う。てのひら全体で内臓を包むような打ちかたをするのだ。

さらに、めまぐるしい両手の攻撃に加え、隙《すき》があれば、足の甲の部分で、足を掛けにくる。

素手斬りの張の戦いかたは、徹底した接近戦なので、足払いのような技がきわめて有効だ。

佐伯は防戦一方だった。街中の喧嘩では、防戦に回っていても、いつでも反撃に移る自信があった。

余裕をもってさばくことができるからだ。さらに、相手の攻撃を見切りながらさばくと、それは攻撃とほぼ同じ意味を持つ。

相手は、手を出すごとに追い詰められるような感じがしてくるからだ。

しかし、素手斬りの張を相手に、その余裕はなかった。

彼の一手一手が意表を衝く角度とタイミングで襲ってくる。彼は、決して拳を引かないので、カウンターを狙う隙がない。

佐伯は、体を反《そ》らしたりひねったりと絶えず動かすことで、辛うじて決定打を避けていた。

接近戦なので、相手の手をつかむことができそうな気がするが、張の手の動きは、あまりに多彩で捉えどころがなかった。

しかも、肘を抑えようが、手首をつかもうが、その瞬間に、くるりと関節が回って抜けてしまう。

佐伯は、このような相手とは戦った経験がなかった。

相手の動きから中国武術であることはすぐにわかったが、本物の中国武術が、これほど実戦的とは知らなかった。

佐伯はなんとか相手の攻撃をよけ、よけきれないものは手で払っていた。攻撃を払うだけで手が重くなってきた。

ダメージが蓄積しているのだ。

張は腕を鞭《むち》のように使っているので、一打一打は軽そうに見えるが、実際はたいへん威力があった。

体を柔軟に使えば使うほど、相手に対する衝撃力は増すのだ。

がちがちに力を入れたパンチというのは、見た目ほどダメージはない。力を抜いて、体のしなりを利用し、濡れタオルで叩きつけるような打撃が、実は、威力がある。

素手斬りの張の打撃はまさにそのようなものだった。

さばいているだけではいずれ攻撃を食らってしまう。

佐伯は捨て身の攻撃に出た。

打ちつけてくる拳をぎりぎりでかわし、そのまま頭を相手の顔面に叩き込んだのだ。頭突きは、接近戦では、いついかなるときでも大きな威力を発揮してくれる。

素手斬りの張は、さっと身を引いて佐伯の頭突きをかわした。だが、その一撃で相手の攻撃を止めることができた。

佐伯は、『佐伯流活法』の構えを取り、すぐさま右手の『刻み』を打ち込んだ。

『佐伯流活法』では、たいてい右手右足が前になる。足は肩幅ほどに開き、両膝を曲げる。体重は、両足に均等にかけ、踵《かかと》は浮かせない。しかし、踵には体重をかけない。

両足の親指のつけ根に体重をかけるのだ。『刻み』は、ジャブのような打ちかただ。前にある右手で素早く打ち込む。相手を牽制しながら、間合いを測るような意味合いがある。

『佐伯流活法』の攻撃は、多くの場合、開掌《かいしょう》で行う。

この開掌の打撃を『佐伯流活法』では、『張り』と呼んでいる。

開掌での攻撃は、拳に比べて頼りない感じがするが、頭部や顔面を攻撃するさいには、開掌のほうが有効な場合が多い。

相手の視界を封じることができるし、脳震盪を起こさせやすいのだ。

佐伯の『張り』による『刻み』が、張の顔面を捉えた。

張の重心がすっと浮くのがわかった。

佐伯は、前方にある右足をわずかに進め、左足を強く踏みつけた。

同時に、右の拳を胸の中央に打ち込んだ。このように拳で突くことを、『佐伯流活法』では『撃ち』という。

相手の後ろまで撃ち抜くような気持ちで、打ち込む。そうすると、本当に、衝撃が相手の体を貫くのだ。

『撃ち』は、殺し技とされている。狙うポイントによっては、相手を死に至らしめることもあるからだ。

佐伯が狙ったのは、中段最大のツボといわれる膻中《だんちゅう》だった。

膻中は、中丹田《たんでん》とも呼ばれる気のバッテリーだ。

素手斬りの張は、なりふりかまわず、飛びずさって佐伯の一撃を避けた。

中国武術をやっているだけあって、膻中への佐伯の攻撃が、どれほど危険なものかよく知っているのだった。

間合いが開いた。

佐伯は、その遠い間合いからでも、張の攻撃が届くことをすでに知っていた。箭疾歩《せんしっぽ》と呼ばれる運足法だ。中国武術の八極拳などに見られる歩法で、達人になると、三メートル以上の遠間から攻撃できるといわれている。

佐伯は、今度は、決して後退すまいと思っていた。どんな間合いからの、どんな攻撃にでも合わせて『張り』の『刻み』を出す体勢だった。

張が、にわかに臨戦態勢を解いた。

佐伯は油断しなかった。張なら、どんな体勢からでも攻撃できるような気がした。だが、素手斬りの張は攻撃してこなかった。彼は、初めて口をきいた。

「形意拳《けいいけん》か……？」

見かけ同様に、ひどく不気味な声だった。しわがれているが、妙に響く声で、佐伯は、墓場の底から聞こえてくるような声だと思った。

佐伯がこたえずにいると、張はさらに言った。

「中国武術を学んでいるのなら、殺すまえに、老師を尋ねておきたい……」

『佐伯流活法』の技法のなかに、中国武術に通じるものがあることは、以前から気づいていた。

しかし、佐伯は、中国武術の使い手から、それを指摘されるとは思ってもいなかった。

「聞いてどうする？」

「なに……。自分が殺した相手が、どの門派のどの老師の系統か知っておきたいのだ」

聞くほどに陰鬱な気分になってくる声だと佐伯は思った。

「形意拳ではない。他の中国武術でもない。わが家に代々伝わっている武術だ。うちの親は躾《しつ》けが厳しくてな……」

「ふん……。日本人の猿まねか……」

素手斬りの張は、ふと殺気を発した。

まったく体勢を変えなかったが、攻撃する気構えを見せただけで、佐伯は、実際に打ち込まれたような気がした。

全身に警戒信号が走る。

そのとき、俠徳会の若い衆が声を上げた。

「警察だ！」

複数の人間が駆けてくる足音が聞こえる。素手斬りの張は、再び闘気を消し去った。そして、現れたときと同様に、ふらりと野次馬のなかに消えた。

野次馬は、恐れて道を開けた。にもかかわらず、張の姿は、野次馬のなかに紛れてしまった。

魔法でも使ったように、消え去ってしまったのだ。

彼は、気配を殺し、ひっそりと人込みに溶け込んでしまった。

戸坂組の兄貴分が舌打ちしてから、その場を去って行った。ふたりの弟分もそれに続いた。

佐伯は、呆然と立ち尽くしていた。

明らかに、素手斬りの張に呑《の》まれていた。このまま、戦いを続けていたら、張が言うように、本当に殺されていたかもしれない。

「おい」

羽黒の声が聞こえた。「こんなところで、ぐずぐずしていることはねえ。行くぜ」

警官が羽黒に気づいて近づいてくる。

運転手役の半田をのぞいて、俠徳会の若い衆はすでに散っていた。

若い警官が、羽黒と佐伯のほうを見て言った。

「おい、ここで何をしている？」

佐伯は何も言わなかった。

羽黒がこたえた。

「一杯やりにきたんだ」

「この人だかりは何だ？」

「さてね……。誰か有名人でもいたんですかね……。もしかしたら、俺かもしれない」

「ふざけるな。しょっぴかれたいか」

「あんた、新顔だね。そういう言いかたはしないほうがいい」

若い警察官は、いきり立った。

「なんだと！」

中年の体格のいい警察官が、若い警察官の肩を抑《おさ》えた。巡査部長の階級章を付けている。若い巡査は、さっと振り返った。

巡査部長が言った。

「いいんだ。気にするな」

「いいって……。どういうことです？」

巡査部長は、言った。

「羽黒さん。別に騒ぎはなかったということだね？」

「ない」

「そういうことなら、私らの出る幕じゃない。酒を飲みにきて悪いという法律はないからな……」

若い巡査が言った。

「部長。そんなばかな話がありますか。ここで喧嘩沙汰があったのは確かなんです」

巡査部長は、取り合わず、羽黒に言った。

「すまんね、羽黒さん。こいつは配属になったばかりで……」

「このあたりの秩序がどうやって保たれているか、ちゃんと教えておくべきだな」

「そうするよ。さあ、行くぞ」

巡査部長は、足早に歩き去った。

若い巡査は、憤懣《ふんまん》やるかたないといった表情ながらも、巡査部長に従うしかなかった。

佐伯は、若い巡査に味方したい気分だった。どんな事情があっても、暴力団のやることを認めるべきではない、と彼は考えていた。仕事で多くの暴力団員と関わり、その結果、そういう結論に達したのだ。

どんな世の中、どんな社会にも、アウトローはいる。アウトローがまったくいない社会、あるいは、いることを認めない社会は、きわめて危険だ。それは、恐怖政治しかありえないからだ。

しかし、だからといって、暴力団が正当化されるようなことがあってはならないと、佐伯は考えていた。

暴力団、あるいは、暴力団の側に立つ人間は、アウトローをコントロールしているのは暴力団であり、暴力団をなくしたら、アウトローは、歯止めがきかなくなると主張する。

大手映画会社は、たいてい暴力団と密接な関係にあり、一部の会社では、露骨に暴力団を弁護する映画や、暴力団を美化する映画を制作していた。

佐伯は、そういう映画を観るたびに、心底腹を立てた。

たしかに、これまで尊敬に値するような親分に出会ったことはある。個人的には、好きになった親分や極道もいた。

それでも、暴力団は容認すべきではないと佐伯は思っていた。

彼らは、どんなに好人物であっても、暴力団が犯罪組織であることに疑いはない。

暴力団は、アウトローを養うという名目で、犯罪者を組織化して、一般の市民を食い物にしている。

一般社会の後ろ暗い部分に巣食って、暴利をむさぼっている。つまり、一般人の弱味につけこんでいるのだ。

佐伯は、自分は、むしろ少数派なのかもしれないと考えていた。日本人の多くは、ヤクザを恐れながらも、一種の憧れを抱いている場合が多い。

アウトローに対する憧れであると同時に、任俠や義理といった男らしさに対する憧れなのだ。

警察官のなかにも、ヤクザに対して、共感を感じている者は多い。

だが、佐伯は、それらが、錯覚であり幻想であることを知っていた。実情を知れば知るほど、暴力団は許しがたい存在だという確信が強まった。

佐伯は、若い巡査を応援して、巡査部長と対決したい気分だった。

羽黒に、ああいう物言いを許すことが、我慢できなかった。

羽黒が、悠然と歩きだした。

佐伯は、素手斬りの張に事実上敗れたこと、そして、今の警官たちと羽黒のやりとりの両方が心に引っ掛かっており、暗い表情で羽黒の後に続いた。

羽黒は、スナック・バーには戻らず、車のところへ行った。

「素手斬りの張と五分で渡り合った男を初めて見たよ」

　羽黒は言った。

「五分ではない」

　佐伯が言った。「あのまま戦っていたら、俺は負けていた」

「だが、まだ生きている」

「運がよかったのかもしれない」

「運も実力のうちだ。特に、極道の生きかたにゃ、運は欠かせねえ」

「殺し屋と言ったが、戸坂組にゲソ付けてるのか？」

「いや。金で雇われてんだろう。張は、フリーランスだ」

「何人も人を殺していると言ったが、そんなやつが、一度刑務所《ムショ》に入って、出てこられるとは思えない」

「殺人を立証できなかったんだ。張が捕まったのは、ちんけな傷害と器物破損だった。やつは、その場では殺さない。やつが狙った相手は、襲った数日後か、あるいは、一ヵ月ちかくたって死ぬんだ」

「空手の三年殺しみたいなものだな……」

「そんなことができるなんて信じられんが、実際、人が死んでいる」

「できるさ。あれくらいの腕になればな……」

「そうなのか?」

「中国武術を本気で修行する者は、東洋医学も学ばなければならない。ツボのなかには、死穴《しけつ》と呼ばれるものがあって、ここにある決められた攻撃を加えると、相手を殺すことができるといわれている」

「おまえもできるのか?」

「さあな……」

羽黒が何か言おうとしたとき、半田が持っている携帯電話が、再び鳴った。半田は、電話に出ると、すぐに、羽黒に手渡した。

羽黒は、また、あれこれと込み入った話を始めた。

電話を切ると、羽黒は、佐伯に言った。

「明日、作業員を乗せたバスが出る。おまえもいっしょに乗ってくれ」

「行き先は?」

「三重県だ。海辺にある発電所まで行く」

「わかった」

「今夜は、若い衆にまかせて引き揚げよう。半田、俺のところに寄ったあと、佐伯をマンションまで送ってくれ。そのあと、事務所に行って佐伯の荷物を取って、マンションまで届けるんだ。いいな」

「はい」

半田は、無表情にうなずいた。

「場所を教えてくれればひとりで行くよ」

佐伯がいうと、羽黒は厳しい表情で言った。

「いや、これが半田の役目なんだ。躾けが大切なんだよ」

「そういうことなら、断る理由はないな」

半田は、羽黒に言われたとおりのコースで回った。

羽黒は、高級マンションの前で車を降りた。彼の愛人がそのマンションにいるということを、佐伯は、愛知県警の榊原から聞いて知っていた。

そのあと、半田は、別のマンションの前に車を着け、部屋まで佐伯を案内した。鍵を佐伯に渡すと、彼は言った。

「すぐに荷物を取ってきます」

半田が去ると、佐伯は、部屋のなかをさりげなく調べた。隠しカメラか盗聴器が仕掛けられている可能性があった。

それらしい物は見当たらなかったが、油断は禁物だった。最近の盗聴装置は、どんどん小型化されており、巧妙な隠しかたができるようになっている。

危険な電話は、この部屋からは絶対にできない。

部屋の調度は、悪趣味このうえなかった。うまくすればビクトリア王朝風の部屋になったかもしれないが、見事に失敗して、ラタンの枠に派手な花柄のカバーのついた揃いの家具が、ごてごてと並べられている感じだった。

二十分ほどして半田が戻ってきた。彼は、荷物を渡すと、部屋の外に立ったまま、何か言いたそうにしていた。

「何だ?」

「いえ……。その……、自分にも格闘技を教えていただけないかと思いまして……」

「強くなりたいのか?」

「はい。この世界、頭《ペテン》も大切ですが、やはり、最後に物を言うのは腕っぷしですから……」

「そのうちチャンスがあったら教えてやってもいい。だが、条件がある」

「何ですか?」

「その機会がきたら、言うよ」

佐伯は、ドアを閉めた。

「条件は」

彼は、独りつぶやいた。「おまえが堅気《かたぎ》になることだ」

6

名城《めいじょう》公園の脇の路上にマイクロ・バスが停まっていた。

朝の九時に、半田が佐伯を迎えに来た。そのまま、メルセデスでそのマイクロ・バスの脇に連れていかれた。

マイクロ・バスには、すでに、街で声を掛けられ、集められた労働者たちが乗っていた。労働者は、全部で七人いた。

羽黒は、眠そうな表情で、段取りを他の組員と話し合っている。彼は、佐伯を見ると言った。

「乗ってくれ。すぐに出発する」

佐伯は、マイクロ・バスのステップを上がった。

労働者たちが、油断のない眼つきで佐伯を見た。佐伯は、彼らを見回した。ヤクザがよくやるしぐさだった。

今の佐伯には、そういう演技も必要なのだ。七人のうち、三人が外国人だった。

浅黒い顔をしており、東南アジアか中近東の出身者だった。

あとの四人は、日本人だが、どう見てもまともに働きそうにない男たちだった。四人とも若い男で、なかには、まだ十代と思える男もいた。彼らは、暗い眼つきをしている。

佐伯は、刑事時代の経験で、その眼が何を意味しているか知っていた。彼らは、いわゆる札付きに違いなかった。

人を信用せず、世の中のすべてが気に入らないと思っている人間の眼だった。

彼らは、言葉巧みに勧誘を受け、ここへやってきたのだ。社会の裏側で生きているような人間たちは、噂《うわさ》にはひどく敏感だ。

裏の社会では、どんな些細《ささい》なことも噂となってしまう。にもかかわらず、俠徳会が人集めを続けられるのは、彼らが巧妙な証拠だった。

噂の芽をうまく摘み取っているに違いなかった。

運転席に半田が座ると、羽黒が乗り込んできた。メルセデスは、羽黒と話をしていたもうひとりの組員が持って帰るようだった。

「さあ、車を出せ」

羽黒が命じると、半田は、静かにマイクロ・バスを発進させた。

バスのなかでは、誰も口をきこうとしなかった。外国人たちは、誰も信用しないような顔つきをしているし、ツッパリたちは明らかに緊張していた。

羽黒は、助手席に座っており、そのすぐ後ろに佐伯がいた。

羽黒は、他の人間に聞こえないように佐伯にそっと言った。

「いいか。こいつらが逆らったらかまうことはないから半殺しにしちまえ。誰かを生贄《いけにえ》にするんだ。見せしめだ。そうすりゃおとなしくなる」

佐伯は、無言でうなずいた。

さらに、羽黒は言った。「現地で、ふたつみっつ面倒事が起きている。そいつを片づけてこなけりゃならない。手を貸してもらうぞ」

「どんな面倒事だ？」

羽黒は、慎重な表情になった。話していいかどうか考えているのだ。

彼は、佐伯を信用しきっているわけではない。ヤクザは、簡単に人を信用しない。

彼は、時間をかけてあれこれと検討していた。結局、今までのところ疑わしい点はないという結論に至ったようだ。

「反原発運動が活発になってきている。やつらは、死んだひとりの労働者を問題にしていたんだ」

羽黒は、話が聞かれていないかどうか、後ろの座席を気にして一瞥《いちべつ》した。話は、労働者には聞こえていなかった。

「事故があってな……。そのときに蒸気をかぶってバングラディッシュ人がひとり死んだ。被曝で病気になって死ぬのは目立たないからどうにでもできるが、事故で死ぬのは、隠しようがない。発電所内部の作業員がそれを外に漏らした。なんとか揉み消したが、反原発運動の連中を勢いづかしてしまったんだ」

「……で、俺たちの役割は？」

「原発に反対するような運動は、間違いだと気づかせることだ」

「議論を尽くして、説得するのではなさそうだ」

「そう。もっと、手っとり早い方法が望まれている」

「望まれている？」

「俺たちは、利益にならないことに手を出さない」

「雇い主がいるということだな」

「原発を推進しようとしている勢力だ。町の役員などで構成されている原発推進グループがある。その連中は、公共費を利用できるだけでなく、大きな金づるを持っている」

「金づるといった話題には興味があるな」

「『全エ建』だ」

「ゼンエケン……？」

「『全国エネルギー建設協会中部支部』。ゼネコンが集まって作っている組織だ。これが、推進派団体に多額の金を渡している。その一部がわれわれに支払われるというわけだ」

「そいつは、頼もしい限りだな……」

「ゼネコンと政治家の癒着が騒がれたが、原発を巡るこういう動きもその一部だ。原発が一基建設されるとなると、ゼネコンにとっておいしい話だからな……」

「なるほど……。国と地方公共団体とゼネコンが手を組んでいる。その三者がたっぷり儲かるような仕組みができてるわけだ。反原発派の市民がいくら頑張ったって太刀打ちできるわけがない」

「俺たちには関係ないよ。頼まれた仕事を片づけるだけだ」

「そうだな……」

佐伯は関心なさそうに、窓の外に眼をやった。

マイクロ・バスは、名阪自動車道を走り、亀山市の西側で伊勢《いせ》自動車道に入った。

そのままひた走り、伊勢自動車道を降りると山道を走った。

やがて、車は、太平洋に面したひなびた町に着いた。

そのあたりは、度会《わたらい》郡で、海岸線が入り組んでおり、景色が素晴らしく美しかった。

伊勢志摩《しま》国立公園のすぐそばにあり、明るい海が、出入りの激しい海岸線の向こうに横たわっている。波は、海岸を洗い、その海岸線の複雑さによって、天然の良港ができているように見える。

だが、その海岸に突然異様なものが姿を現し、佐伯は、驚いた。

白い原子力発電所がそびえ立っていたのだ。その姿は違和感があり、ひどく禍々《まがまが》しく感じられた。

理屈ではなかった。

有るべきではないものが目の前に横たわっているような感じがした。

マイクロ・バスは、まず、こぎれいな二階建ての建物の前に停まった。海岸の通りには、古い漁師の家が並んでいる。

多くは木造で、かなりいたんでいるのが見て取れる。

どの家も、なんとか建っているという感じだ。玄関脇には、網や、小魚が干してある。

そこを通りすぎると、突然町の様子が変わった。建物が、急に近代的になった。今、マイクロ・バスが停まったのは、そうした近代的な新しい建物の一つだった。マンションのような感じだ。そこが、発電所の子会社が使用している独身寮だということがすぐにわかった。

佐伯は、漁師たちの貧しい生活と、この立派な独身寮の差はどういうことだろうと考えた。そして、すぐに考えるのをやめた。腹が立ちそうな気がしたのだ。

名古屋から連れてこられた四人の日本人の若者と、三人の外国人は、独身寮に連れていかれ、それぞれに部屋が与えられた。

六畳ほどのワンルームで、ベッドと小さな冷蔵庫が備えつけてあった。

「俺もここに泊まることになるのかな？」

佐伯が、羽黒に尋ねた。

羽黒は、笑って言った。

「作業員といっしょにか？　冗談言うなよ。俺たちは、ずっとましなところに泊まるんだよ」

「ここもずいぶんと立派だと思うがな……」

「原発推進派は、金持ちだからな。どこからともなく金が流れてくる仕組みになっている。原発を誘致してからこの町の財政は一気に豊かになった。それで、こういう独身寮も建てられる」

「これは公共施設なのか？」

「いや、民間の建物だが、町が半分ほど金を出している。この土地は、公有地だった」

「このあたりは、漁師の住んでいるあたりと違って新しい建物が多い。民家も新しい」

「原発推進派は、金持ちになる。現地では、推進派の生活が変わる。いい家に住み、いい車に乗るようになる。反対派は職場を追われ、どんどん貧乏になる」

羽黒はどこかうれしそうにそう言った。世の中の裏の仕組みを語るのが楽しいのかもしれないと佐伯は思った。一種の優越感なのだろう。

佐伯は、内村が反原発運動は無意味だと言ったのを思い出していた。運動は、理念を打ち出す。

しかし、もはや問題は理念ではないのだ。推進派は、権力と金を持っている。金を引き出す構造を持っている。

誰でも、豊かな生活がしたい。それを求める権利がある。理念のために辛い生活に耐えようという人間は少ない。それを責めることは誰にもできない。

内村はこうした現実をしっかりと把握していたのだ。

「仕事があるならさっさと取りかかったほうがいい。そうじゃないか？」

「まあ、あせるな。宿に落ち着いて、待とうじゃないか。仕事は、そのうち向こうから飛び込んでくる」

独身寮には俠徳会の組員が常駐していた。恐ろしく体格のいい男で、髪を角刈りにしている。

彼は志賀《しが》と名乗った。佐伯は、彼の拳ダコを見逃さなかった。

上半身が見事に発達しており、特に、広背筋の発達が著しい。

広背筋は、俗にパンチングマッスルとも呼ばれ、打撃系の格闘技を訓練すると発達する。志賀は、おそらく、空手をみっちりやったことがあるはずだと、佐伯は思った。

格闘技経験者が暴力団員になるケースは多い。格闘技や武術は、直接は金にならない。

訓練は辛いが、その割に、通俗的な利益は少ない。格闘技の選手経験者がみな将来を保証されるわけではない。

特技を手っとり早く生かそうと思ったら、警察官になるかヤクザになるかなのだ。志賀が新しくやって来た作業員たちの面倒を見ていた。

彼は、力だけを信じるタイプだった。理屈でなく腕っぷしで言うことを聞かせるタイプだ。

今の仕事にうってつけの男だった。同時に、事を構えたとき、けっこう厄介な男だと思った。格闘技をみっちりやったヤクザはそれなりに手ごわいのだ。

羽黒と佐伯は、半田の運転するマイクロ・バスで宿へ向かった。

宿は、海岸通りから丘に向かって車を走らせた高台にあった。旅館を兼ねた料亭だった。

このあたりに宿泊する旅行者はまれだ。この旅館は、料亭が主な仕事だった。町の社交場なのかもしれない。町役場の宴会、漁協組合の寄り合い、そういったものを一手に引き受けている類の旅館だ。

「芸者もいねえ田舎だが、食いもんだけは新鮮だ。こんなところに来ちまったら、飲み食いだけが楽しみだからな……」

羽黒が言った。

彼は、旅館で一番いい部屋を押さえていた。決して豪華な部屋ではないが、充分に広く窓からは、太平洋が望める。

佐伯にも同様の部屋を与えた。

半田は、山側の狭い部屋をあてがわれた。

「夕飯までのんびりしてくれ」

羽黒は佐伯に言った。「俺はしばらく眠る。朝が早かったんでな……」

「外を歩いて来たいんだが……」

とたんに、羽黒は油断のない眼つきになった。

「それはだめだ」

「なぜだ？」

「俺たちは、表沙汰にできねえ仕事をしている。いつ、誰にどんなところを見られるかわからねえんだ。身をつつしまねえとな……」

「わかった。用心深いんだな」

「そうだ。仕事をうまく運ぶためには、ありとあらゆることに気を配らなきゃいけねえんだ」

羽黒は自分の部屋へ行った。

佐伯も部屋へ行き、荷物を隅に置いた。窓から海を見ると、やはり、原子力発電所が見えた。

美しい海岸の景色のなかで、その姿はやはり違和感を感じさせた。


一夜明けると、ひなびた町が何やら騒がしくなっていた。

拡声器を使って何かさかんにわめいているのが聞こえる。

「仕事だ」

羽黒が佐伯の部屋へきて言った。

「すぐ行く」

「下で待ってる」

羽黒がドアを閉めると、佐伯は、手裏剣が五本納まった革のシースを左の脇につけ、その上から格子柄のスポーツ・ジャケットを羽織った。

階下へ行くと、すでに羽黒はマイクロ・バスに乗っていた。半田が運転席にいる。

佐伯が乗り込むと、半田はすぐに車を出した。

マイクロ・バスは、稼働中の原子力発電所の前を通りすぎ、そこから百メートルばかり離れた空き地の前に停まった。

空き地の周囲には杭が打たれ、鉄条網が張り巡らせてある。その鉄条網の脇に人だかりが出来ていた。

揉めているようだった。

「反対派が、測量にやってきた連中を追い返そうとしているんだ」

羽黒はそう言うとマイクロ・バスを降りた。半田がきびきびとした動きでそれに続いた。佐伯は、一番後ろから付いて行った。

反対派住民は全部で九人いた。老人がふたり、老婆がふたり、どちらもよく日焼けしている。

長年にわたって日にさらされた皮膚の色だ。

中年男性がふたりいて、こちらは、日に焼けていない。

若い男性がふたりに若い女性がひとり。この三人が、もっとも元気がよかった。

測量に来た技術者は、皆、揃いの紺色の制服を着ており、黄色いヘルメットをかぶっていた。

反対派がゲートを背にする形で陣取り、測量技術者を追い返そうとしていた。

羽黒は、ものも言わずに突進した。

まず、測量技術者を押し退けておいて、住民側の先頭に立っていた若い男を蹴り付けた。

踵を突き出すように足の裏全体で蹴る、俗にいうヤクザ・キックだった。

「ぐ……」

若者は、くぐもった悲鳴を上げて、後方へ吹っ飛んだ。

反対派住民は、一瞬あっけに取られてその場に立ち尽くした。

羽黒は、まったく躊躇《ちゅうちょ》しなかった。

若者を蹴り飛ばしておいて、すぐに、脇にいた老婆を張り倒した。

相手が老人だろうが赤子だろうがまったく頓着しない態度だった。

老婆は、叫んで、地面にへたり込んだ。

羽黒は、すぐさま老婆の隣にいた中年男性にフックを見舞った。

羽黒は、反対派住民を殴り、蹴り付けながら、大声で何事かわめいている。その形相は凄まじい。

羽黒のフックを顔面に食らった中年の男は、奥歯を折られ、口から血を流した。

羽黒は、うろたえているその男の同じ場所をもう一度殴りつけた。

男は、地面にひっくり返った。

「何をするんだ！」

若い男が叫んだ。

「うるせえ！」

羽黒は、その若者の膝を蹴った。

若者は、激痛に悲鳴を上げ、腰を折った不自然な姿勢になった。顔面が無防備になる。羽黒は、その顔面を狙いすましたように殴った。

きれいにパンチが若者の頬骨を捉え、突き抜けた。

若者は、ひとたまりもなく、後方に吹っ飛ばされた。

「やめんか、ばかやろう」

気丈な老婆が、羽黒にしがみついた。

羽黒は、まったくためらわず、老婆の腹に膝を叩き込んだ。

老婆はうめいてその場に崩れ落ちた。

半田も彼の仕事を始めた。中年男に、蹴りを見舞い、さらに、若者にパンチを叩き込んだ。

若い女性は、悲鳴を上げていた。

羽黒は、その女性に近づき、彼女が着ていたダンガリーのシャツの襟のあたりをつかんだ。

彼は両手で、シャツの前を開いた。ボタンが次々と飛び、若い女性の素肌が露《あら》わになった。

彼女は慌てて両手で胸のあたりを隠した。羽黒はまったく無表情のまま、彼女のブラジャーをむしり取った。

何人かの男が羽黒にしがみついた。

羽黒は、その男たちに膝蹴りを見舞い、肘を叩き降ろし、腰をひねって投げた。

羽黒は怒鳴った。

「けがをしたくなかったら、おとなしく道を開けろ」

「こんな真似をしてただで済むと思うな」

老人が叫び返した。

羽黒は凄味のある笑いを浮かべた。

「ただで済むさ。どうしようってんだ？　警察に言うのか？　無駄だよ。俺たちは、機動隊の代わりをやってるだけだ」

羽黒は測量の技師を見た。「さあ、早く行きなよ」

測量の技師たちは、勝ち誇ったように歩きだそうとした。

そのとき、佐伯涼が言った。

「なんだか、彼らを行かせたくなくなったな……」

7

羽黒は佐伯を見た。

彼は驚いてはいないようだった。

羽黒は言った。

「化けの皮がはがれたな……」

「俺を信用していなかったようだな」

「俺たちは、誰も信用しない」

「そうだろうな」

半田が心底腹を立てたように言った。

「てめえ、戸坂組とグルだったのか？」

「勘繰り過ぎだ」

「だまれ！　やつらと芝居を打って、俺たちに近づいたんだ」

「半分当たっている。戸坂組を利用した。だが、俺は戸坂組とは関係ない」

「ふざけやがって！」

半田は、勢いよく突進すると、佐伯に向かって右のリードフックを飛ばした。

佐伯は、そのフックの外側にわずかに転身してかわした。

半田の右肩を押してやると、それだけで、半田はバランスを崩してたたらを踏んだ。

「武道を教えてほしいと言っていたな」

佐伯は言った。「堅気にならない限り、教えてやるまいと思っていたのだが、特別に稽古《けいこ》を付けてやってもいい」

半田は、怒りに我を忘れているようだった。またしても、まったく同じように右のフックを出してきた。

佐伯は、かわしざまに、足を掛けた。

半田は、ひっくり返った。

半田は、怒りをつのらせ、罵声を上げながら立ち上がった。

次の攻撃は、少しはましだった。

彼は、いきなり大きな技を出しても当たらないということに気づいたようだった。

あるいは、喧嘩で培《つちか》った勘のおかげかもしれない。まず、鋭いローキックで佐伯の左足を狙った。

それで佐伯の体勢を崩しておいて、強力なパンチにつなごうというのだ。

ローキックをまともに食らったら、パンチは避けられない。半田は、充分に喧嘩慣れしているようだった。

武闘派の羽黒が連れて歩くほどの若い衆なのだ。そのパンチは、それなりの威力があるはずだった。

また、ローキックをよけようとして足を引いても、パンチを食らうことになる。さがったとたんに、相手は畳みかけてくるものだ。

佐伯は、ローキックに向かって、左足を踏み出した。膝をしっかりと曲げ、その膝を相手のすねに突き込むような形になった。

半田のローキックは威力を封じられた。

それだけではなかった。半田のすねはしたたかなダメージを受けていた。

パンチを出そうとしていたが、その痛みのために、コンビネーションは中断していた。

佐伯が踏み込んだために、ふたりの間合いは接近していた。

佐伯は、懐に入っていた。そのまま、佐伯は、横から、『張り』を見舞った。

左右を連続して打ち込み、最後に、正面から打った。

半田の足がもつれた。彼は、酔ったように体を揺らし、やがて、すとんと尻餅《もち》をついた。軽い脳震盪を起こしたのだ。

佐伯は、羽黒を見た。

羽黒は、完全に無表情だった。

感情を完全に消し去っている。こういう相手は怒りをむき出しにするタイプより面倒であることを佐伯は知っていた。

佐伯は、羽黒が何か言うのを待つことにした。

沈黙が続いた。反対派の住民も測量の技術者もじっと両者の様子を見守っている。実際、彼らは、何が起きているのかわからないのだ。

やがて、羽黒が言った。

「戸坂組でないとしたら、おまえは何者なんだ?」

「考えることだ」

「誰かに雇われているのか?」

「そうだな……。だが、その誰かが問題だ」

「そこにいる、反原発の連中か……」

「そう思うか？」

「いや……。その連中は腰抜けだ。極道を雇おうなどとは決して考えないんだ」

「失礼なやつだな。俺をおまえたちといっしょにするな」

「臭いでわかるよ。おまえは、俺たちと同じく力の世界で生きている人間だ」

「そうかもしれない。だが、おまえたちとは違う。俺は、おまえが、さっき言ったことが我慢ならないんだが、それで俺が何者かわかっちまうかもしれないな……」

「俺が言ったこと？」

「俺たちは、機動隊の代わりをやっている——おまえはそう言った」

　羽黒の眼が暗く底光りした。

「警察《ヒネ》か……。まさかな……」

「だったらどうする？」

「どうということはない。おまえが何者であろうと同じことだ。俺は、おまえを殺す」

　羽黒は、懐に右手を差し込んだ。

　ヤクザがそうするときには、やることは決まっている。武器を取り出すのだ。

　ほぼ同時に佐伯も同じことをしていた。

違ったのは、佐伯の手のほうがはるかに素早かったという点だ。佐伯は、右側を前にした半身になっていた。

懐から右手を抜くと、そのまま真横に鋭く振っていた。

「うおっ……」

羽黒が、唸《うな》り声を漏らした。

彼は、懐に差し込んだ右手を抜こうとしていたところだった。その右の前腕部に手裏剣が刺さっていた。

横打ちという手法だった。

手裏剣は投げるとはいわずに打つという。経験してみるとわかるが、手裏剣は、打ちつけるように放らなければ刺さらない。

抜き出してから一度構えて打つのが普通だが、佐伯は、抜く動きと打つ動きをひとつでやってのけた。高度な技だった。

羽黒は、刺さった手裏剣を奇妙な顔で見つめると、佐伯の顔を見た。

彼は、左手で手裏剣を抜いた。服に血の染みが広がり始めた。

そうしておいて、彼は、右手を懐から抜いた。右手は、拳銃を握っていた。トカレフ自動拳銃だった。

佐伯の判断が遅れていたら、彼は撃たれていただろう。

羽黒が拳銃を左手に持ち換えようとした。前腕にけがをすると握る力が極端に落ちる。

佐伯は、また手裏剣を打った。

手裏剣は、今度は羽黒の左の手の甲に突き立った。

その衝動で、羽黒はトカレフを取り落とした。

佐伯は、一気に距離を詰めていた。

手裏剣というのは、もともとそうした使いかたをする武器だ。相手の突進を止めて、間合いを取るため、また、遠い間合いを詰めて本命の武器でとどめを刺すために使用する。

牽制のための武器なのだ。

佐伯は、羽黒に『張り』による『刻み』を打ち込んだ。開掌によるジャブだ。

「ちい……」

羽黒は小さく罵《のの》りながら、ボクシングのダッキングのような動作でそれをかわした。

佐伯は、足元にある拳銃を遠くに蹴りやった。

羽黒は、その一瞬の隙を見逃さなかった。左のフックをフェイントにしておいて、ほとんど同時にボディーブローを打ち込んできた。佐伯は、体をひねってかわそうとしたが、かわしきれなかった。

クリーンヒットではなかったが、体重を思い切り乗せた羽黒のボディーブローは、威力があった。

拳が腹をえぐるような感じだった。

格闘技の試合なら、ダウンを取られても、カウントの間に休むことができる。しかし、実戦では、ダメージにひるんだほうが、確実に負ける。

やせ我慢してでも、動き続けなければいけない。

佐伯は、羽黒の顔面に、また『張り』による『刻み』を打ち込んだ。今度はヒットした。羽黒は攻撃に出たところだったのでかわせなかったのだ。

攻撃に出る瞬間、あるいは、攻撃を終えた瞬間が、最も無防備になるものだ。

羽黒は、一瞬動きを止めた。

『張り』による『刻み』にはそのような効果がある。拳で頬などを殴られるよりも、反射神経を刺激するのだ。

顔面を正面から張られた瞬間、目は開けておれず、身動きも止まる。

その瞬間に佐伯は、左右からの『張り』を見舞った。

佐伯は、『張り』の訓練を幼い頃から毎日繰り返している。空手家が正拳に自信を持っているように、佐伯は、『張り』に自信を持っていた。

ただ開掌で叩くだけではない。大切なのは、当たる瞬間にスナップを利《き》かせることなのだ。

それにより、相手の体内に波動が生じるのだ。その波動は、腹ならば、内臓にまで浸透し、頭部なら、脳に及ぶ。

佐伯の『張り』を三発も食らえば、たいていの人間は、脳震盪を起こして、気を失わないまでも、ふらついてしまう。

事実、半田がそうだった。

しかし、羽黒は、耐えていた。彼は、やや猫背で首が太い。

それが幸いしているのだ。猫背気味で首が太い人は、見てくれには難があるかもしれないが、格闘家には向いている。

顔面を殴られたときに脳震盪を起こしにくいのだ。

猫背にもいろいろあるが、鎖骨が顎《あご》を取り囲むような形がいい。

ボクサーなどは、その姿勢を訓練によって作る。あるいは、羽黒もそうなのかもしれなかった。

羽黒は、左のボディーを二発連続して打ち込んできた。彼は、殴られることを恐れていない。

しかも、手裏剣による傷のことも気にしていなかった。

羽黒のボディーブローは佐伯の肝臓をえぐっていた。

佐伯は奥歯を噛みしめ、歯をむきだしていた。鋭い衝撃が走り、息が止まった。

鋭い痛みは、重だるい痛みに変わっていき、嫌な汗が出始めた。

それでも、動きを止めるわけにはいかない。止まったとたん、相手は、顔面を攻撃してくるだろう。

佐伯は、徹底した接近戦で戦っていた。それが彼の得意な戦法であり、『佐伯流活法』の特徴でもあった。

羽黒は、さらに、左のボディーブローをしつこく打ち込んできた。佐伯は、それを肘でブロックしていた。

グローブをはめているわけではないので、腕でブロックすると、腕にダメージが残った。だが、腹にパンチを食らうよりましだった。羽黒は、すぐに顔面への右フックにつないだ。

佐伯はそれを読んでいた。

右フックに合わせて左の『張り』を出した。佐伯の『張り』の直打が、フックを内側から弾きながら羽黒の顔面に命中した。

掌底の部分がしっかり顎を捉えていた。

当たった瞬間に、手首を鋭く返す。

羽黒はのけぞった。

佐伯は、追い打ちをかけるように、さらに、同様の『張り』を打ち込んだ。

さらに、もう一発。

今度は、完全に羽黒の動きが止まった。打たれ強い羽黒だが、さきほどの三発のダメージが蓄積していたのだ。さらに、三発食らい、耐えられなくなった。拳による打撃のダメージならある程度まで耐えることはできる。

しかし、脳を揺さぶり、脳震盪を起こさせるような打撃には耐えることはできない。意志とは裏腹に体が言うことを聞かなくなるのだ。

佐伯は、拳を握り、羽黒の膻中《だんちゅう》目がけて、突き込んだ。

衝撃が、羽黒の体内を突き抜け、背中の向こうまで及ぶようにイメージして突いていた。『撃ち』だった。

羽黒は、その場に立ち尽くしていた。ボクシングのハードパンチを食らったときのように、勢いよく後方に弾かれたりはしなかった。実は、これが『撃ち』の恐ろしい点だった。

後ろに吹っ飛んだなら、それだけ衝撃が逃げたはずだ。

『撃ち』の衝撃は、イメージ通り、完全に羽黒の体内を突き抜けた。

空手や中国武術の達人の突きを食らっても、同様のことが起こる。

羽黒は、糸の切れた操り人形のように、その場に崩れ落ちた。

頭や顔面に打撃を受けたとき以外には、人間は滅多に昏倒しない。だが、『佐伯流活法』の『撃ち』を膻中に食らったときは、例外だ。

「危ない！」

羽黒が倒れた次の瞬間、誰かが叫んだ。

女の声だった。

佐伯は、振り返った。

半田が、トカレフを構えていた。

佐伯が蹴りやったものを半田が拾ったのだった。

半田は、両手で銃を構えている。銃口は、佐伯の胸を狙っていた。

「殺してやる……」

半田の眼は、怒りのために赤く濁《にご》り、ぎらぎらと光っていた。

彼は本気で撃つだろうと佐伯は、思った。怒りが、半田の行動を支配していた。

「銃を扱ったことがあるのか？」

佐伯は、言った。

半田はこたえなかった。彼は、撃つきっかけを探しているようだった。

「薬室に、弾薬は送り込んであるのだろうな？」

佐伯は、余裕を持って尋ねた。

彼は、撃鉄が起きていないのを確認していた。そして、おそらく、半田は、遊底《ゆうてい》をまだ引いていないのだと思った。

半田は佐伯を睨《にら》み付けていた。だが、彼は佐伯の言ったことに気づき、自分が失敗を犯したことを知った。

しかし、半田は、まだ、佐伯を撃てると思っていた。

彼は、左手で、遊底を引こうとした。

その隙に、佐伯の右手が一閃した。

懐から手裏剣を抜きざまに打ったのだ。

手裏剣は、銃を握っている半田の右手の指に命中した。

手裏剣は刺さらなかったが、指をざっくりと切り裂き、衝撃を与えた。

「うわっ！」

半田は、驚いて思わず叫んでいた。

佐伯が、滑るような足さばきで突進した。半田は、ようやく遊底を引いた。

だが、そのときには、すでに佐伯が彼の間合いに入っていた。

半田が引き金を引くより早く佐伯は、『張り』を顔面に見舞っていた。

半田がのけぞる。

佐伯は、銃を叩き落とした。

狙いがそれていても、すぐ側で自動拳銃を発射されるのは危険だ。

問題は、猛烈な発射のガスだ。自動拳銃は薬室のなかで、カートリッジの火薬が爆発する。

そのガス圧で、強力なスプリングで抑えられている遊底を弾くのだ。

その勢いは凄まじく、後退《ブローバック》した遊底がぶつかれば骨くらいは簡単に折れてしまう。

また、遊底の脇から噴出するガスをまともに受けたら、指が吹っ飛んでしまうこともある。

佐伯は、半田にくるりと背を向けると、彼の腹に後ろ蹴りを見舞った。

半田は、後方に弾き飛ばされた。

その隙に、佐伯はトカレフを拾った。彼は、さっと銃口を半田に向けた。

「撃つんだったら、迷わず引き金を引くことだ」

佐伯は言った。

佐伯は、ぴたりと動きを止めた。

羽黒が、もぞもぞと動くのが視界の隅で見えた。

佐伯は、半田に命じた。

「羽黒のそばに行け」

半田は依然として佐伯を睨み付けていたが、銃を向けられているので言うとおりにするしかなかった。

羽黒が胸を抑えて、のろのろと起き上がった。

「車へ行け。ここから立ち去るんだ」

佐伯が言った。

「てめえに銃が撃てるはずはない」

半田がわめいた。

「どうかな……？」

佐伯は実に無造作に引き金を引いた。

空気を震わせる銃声がして、同時に、半田の足元に着弾した。

「銃など誰にでも撃てる。それが問題なんだ。俺は、おまえよりはましな腕をしているはずだ」

半田は、顔色を失った。

銃を向けられて、しかも、撃たれた経験などなかったに違いない。日本のヤクザは、銃で武装しているが、滅多に銃撃戦はやらない。暗殺や脅しに使うだけだ。

「引き揚げるぞ」

羽黒がぼそりと言った。

彼は、足を引きずるようにしてマイクロ・バスに向かった。半田は、慌てて肩を貸そうとしたが、羽黒は、うるさそうに拒否した。

羽黒が佐伯に言った。

「この借りは返す。後悔しながら、おまえは死ぬんだ」

「後悔なら、もういやというほどしている」

やがて、ふたりが乗ったマイクロ・バスが走り去った。

それを機に、測量技術者たちが引き揚げ始めた。彼らは、こそこそと逃げるように立ち去った。

反原発派の住民たちは、何も言わなかった。彼らが望む勝利というのは、決してこういう形のものでないことは明らかだった。

若い男が、落ちていた手裏剣を拾い集めて佐伯に無言で差し出した。

「みんな、けがはないか？」

佐伯はその若者に尋ねた。

「たいしたことありません」

佐伯は、若い娘を見た。ボタンの取れたダンガリー・シャツの前を合わせて、固く握りしめている。

「彼女はだいじょうぶか？」

「ええ……。危ない、と叫んだのは彼女ですよ」

佐伯はうなずいた。

「ところで、俺は、行くところがなくなったのだが……」

若者は、振り返って、住民たちのほうを見た。彼らが、佐伯を信用していないのは明らかだった。

若い女性が言った。

「いいわ。あたしたちの連絡所へ行きましょう」

「助かるな……」

「これがどういうことなのか説明してほしいわ」

「俺のほうも聞きたいことがある」

佐伯は、手裏剣を脇のシースに収めた。

8

反原発派の連絡所というのは、古い廃屋となった漁師の家だった。そこに電話を引き、ファクシミリを入れ、小さなコピー機を置いていた。

畳はすっかり変色してしまっている。一階はスチール製のデスクを並べた事務所となっており、二階は、ほとんど手を加えていなかった。

彼らは、二階で車座になって会議をし、遠くからやってきた支援者は、その部屋に布団を敷いて泊まるのだった。

宿泊者のために用意されている布団は、住民が寄贈したもので、古くて粗末だった。

推進派の施設とは大違いだと佐伯は思った。

けがをした住民の手当てが終わると、彼らは、二階に集まってきた。

佐伯の相手をしたのは、中年の男と若い女性だった。

中年の男は、東森弘一《ひがしもりこういち》といった。元大学の助教授とやらで、現在は全国的な反原発派ネットワークの専従スタッフだという。著書もあるということだった。

女性は、内海礼子《うつみれいこ》。

名古屋の大学を出て、反原発の運動に加わり、この地区で活動しているのだと言った。

驚いたことに、二十代半ばのこの女性が、この地区の運動のリーダー格なのだった。

内海礼子が佐伯に言った。

「あなたは、あの暴力団たちといっしょにやってきた。そして、彼らと戦った。これは、どういうことなの?」

「世の中は、単純ではないということだ」

住民のなかの誰かが言った。

「だまされるな。こいつらは芝居を打ったんだ! 俺たちの運動に潜入するのが目的なんだ」

佐伯は、その男を見た。

日に焼けていない中年男のひとりだった。彼は一目見てインテリとわかるタイプだった。その男は、佐伯を睨みつけているが、佐伯が、見ると目をそらした。

「もし、俺が原発推進派だとしても、スパイのような真似はしない。その必要がないからだ。推進派は、金も権力もある。スパイをする必要などない」

内海礼子は、厳しい眼差しを佐伯に向けている。

羽黒に服を裂かれ、下着をむしられたときは、ひどくひ弱な感じがしたが、今はまったく違っていた。

意志の強そうな眼がいきいきと光っている。行動的であることがわかった。

「あなたのいうとおりだわ」

彼女は言った。「でも、彼らは実際にそういうことをするのよ」

「何のために？」

「反原発運動を根絶やしにするためによ。内部に潜入して、内部から運動を混乱させようとするの。過去にも例があるわ」

「みんなは信用していないようだが、俺は違う」

「なら、どうして、あの連中をあのまま行かせたの？」

「どうすればよかったんだ？　あんたたちの目的は、測量の阻止だったんじゃないのか？　ならば、目的は果たしたはずだ」

「暴力団員を刺激して、そのまま帰した」

東森弘一が言った。「獣を手負いで放したようなものだ」

佐伯は、東森を見た。東森は、表情を変えなかった。眼鏡をかけたインテリタイプではあるが、顎がたくましく、一筋縄ではいかない男に見えた。

「その比喩は見事だ。だが、俺が思うに、あれが最良の方法だ。逃げ場がないところまで彼らを追い込むと、あの場で死人が出たかもしれない。引き際を用意してやるのが大切なんだ」

東森は何も言わない。ただ、固い表情で佐伯を見ている。

内海礼子も冷やかに佐伯を見ていた。

佐伯は、相手がしゃべり出すまで何も言う気はなかった。

内海礼子が言った。

「じゃあ、どうして彼らといっしょに来たの？」

「俺は彼らのほうに潜入する必要があった」

「何のために？」

「調査だ」

「何の調査？」

「ここの発電所で、事故の際に外国人労働者が死んだ。だが、それは、問題のごく一部で、多くの外国人労働者や、アウトローたちがここで働いて、被曝によって病気になったり死んだりしているという話を聞いた。なぜかそういう話は、表沙汰にはならない」

「どういう身分なの？」

「環境庁の外郭団体からきた」

「なんという組織？」

「『環境犯罪研究所』」

「聞いたことのない組織だわ。環境犯罪って何のこと？」

「環境破壊に関連する犯罪行為だ。ある種の環境犯罪には暴力団が関わっていることが多い」

「調べてどうするの？」

「調べることが仕事だ」

「それだけのために、危険な団体に潜入するというの？」

「場合によっては、その犯罪行為を排除することもある」

「環境庁の役人にそんな権限はないはずよ」

「権限はないが、権利はある」

佐伯は、現役の警察官であることを話さなかった。話しても意味がない。

彼は、出向するときに、警察手帳も拳銃も取り上げられたのだ。

「せっかく潜入したのに……」

東森が言った。「それを自らぶち壊してしまった。なぜだ？」

「何が起こっているかは、だいたいわかった。それに、俺は、彼らに代わる情報源を見つけた。もう、彼らといっしょにいる理由はない」

「彼らに代わる情報源？」

「そう。あんたたちのことだ」

「私たちは、あなたのことを信用していない。情報を提供するとは言っていない」

「そうだろうな。あんたたちは、発電所の事故で外国人労働者が死んだことを、三重選出の議員に知らせた。だが、政府の機関は、その情報を握りつぶしてしまった。さらに、おそらく、あんたたちは、『全エ建』が推進派に金を出していることを知っている。だが、それを告発できずにいる」

東森の表情がさらに固くなった。

短い沈黙のあと、彼は言った。

「そのとおりだ。だからどうだというんだ」

「俺はその事実を調査し、上司に報告する。上司は、その情報をどうすればいいかよく心得ている」

「環境庁の役人が？」

東森は、嘲笑を浮かべた。「何もできるはずはない。省庁の格でいうと通産省に太刀打ちできるはずがないんだ。例えば、原発だ。原発の放射能が環境に及ぼす悪影響を環境庁の人間は知っている。だが、原発を推進する通産省に原発の建設と運転を止めろとは絶対に言えない。長良川《ながらがわ》の河川敷だってそうだ。あの河川敷は、百害あって一益もないことは、すでに調査上明らかだ。しかし、計画されたものは実行しなければならないという理由だけで作られようとしている。環境を破壊してしまうのだ。環境庁の発言力は、産業界をバックにした通産省のまえではひどく弱い」

「ひどく失望しているようだな」

「している」

「だが、信じられる役人もいる。俺の上司がそうだ」

「私たちは、政府の人間を信じない」

「運動を続けるというのはそういうことなのだろう。だが、信じるべきときもある。

違うか？」

　東森はかぶりを振った。

「あなたは、環境のための運動を理解していない。環境ブームだし、企業も環境に対する心配りを宣伝に使っている。だが、それらはすべて見せ掛けだ。環境運動は、左翼運動とまったく同様に、犯罪者扱いされるのだ。環境運動にたずさわる者は、国によって犯罪者と同じようなレッテルを貼られる。特に、反原発運動にたいする風当たりは強い。なぜだかわかるかね？」

「原発推進が国策だから？」

「そう。日本は、先進国のなかで、例外的に原子力にこだわっている。高速増殖炉の開発を世界中が危険視している。なのに、政府はその開発を止めようとしない」

「原発の建設は、ゼネコンが泣いて喜ぶからな……」

「そう。入札の際に巨額の金が動き、その金の一部は、政治家のポケットに入る。さらに、日本は、貿易黒字解消の逃げ道として、アメリカからウランを買うことを約束させられている。買ったウランは使わなければならない。政府は、原発を推進するしかないんだ。住民や労働者のことは無視してね」

「うちの上司が言っていた。反原発の運動は無意味だ、と」

「無意味ではない。私たちは現に大勢の人間をネットワークしている。このネットワークは海外にも広がりつつある」

「だが、あなたたちは、原発を一基も潰していない。建設差し止めの裁判にもすべて敗れている。高速増殖炉の『もんじゅ』も臨界に達した」

住民のなかからまた声が上がった。

「やっぱり、おまえは推進派なのか！」

佐伯は、その声には取り合わず、東森に言った。

「こうして仲間を集め、情報を交換し、冊子を発行し、デモや集会をする。それだけで満足してしまっているんだ。運動している自分たちに酔っているんだ。それじゃあ、金も権力もあり、目的のためには手段を選ばない推進派に勝てるはずはない」

「どうすればいいというのだ？」

「建設差し止めの訴訟を起こした連中は評価できるな。結果はどうあれ、本当に原発の建設を阻止できる可能性があった。行政はどうしても原発を作りたがっているが、司法当局には利害関係はないからな。原則的には、日本の政治は三権分立だ」

「三権分立は幻想だ。訴訟まで持ち込んだ連中は本当に命懸けだった。司法機関の末端、つまり、警察は反原発運動家や市民運動家を明らかに犯罪者と見なして、圧力をかけてくる。威力業務妨害で家宅捜索を受けたり、検挙された仲間は多い。ここでもそうだ。さっきのヤクザのような連中が私たちに何をしても警察は決してやってこない。町の方針は原発推進だ。警察は、町の方針に従う」

「だから俺が来た。そうは考えられないのか？」

「考えられない」

「いま聞いた話も含めて、詳しい情報とそれを証明するようなものを俺が持ち帰れば、上司は必ず、何か結果を出す」

「今、計画中の原発建設を中止してくれるのか？」

「それは約束できない。だが、必ず何かのリアクションはある」

「私たちの闘争方針は、今、この土地で計画されている発電所の建設を阻止することだ」

「俺と俺の上司は、あんたたちよりはるかに行政に近い地位にいる。どうしてこういうチャンスをものにしようとしないんだ」

「代議士に情報を渡した。だが、その情報は握り潰されただけだ」

「ひとつの手段が失敗しただけだ」

「私たちは、あなたを信用していない」

「どうすれば信用するのだ？　いっしょにデモをやるのか？　勉強会に出席するのか？　全国の反原発運動の連中に顔を売ればいいのか？」

佐伯はかぶりを振った。

「あなたに運動を批判する資格はない。あなたは運動に参加しているわけじゃない」

「そうして、一般の市民を排除して、運動だけが先鋭化していく。俺は、上司が言ったことが、今、ようやくはっきりと理解できた」

佐伯は内海礼子を見た。

「あんたも同じ意見なのか？」

「もちろんよ。運動は大切だわ」

「どうやら、見込み違いだったようだ。ここに来るより、ヤクザといっしょにいたほうがいろいろなことがわかった気がする」

「今から戻ればいいわ。あたしたちが来てくれと頼んだわけじゃない」

佐伯は、部屋に集まった反対派を見回した。誰もが、敵意に満ちた眼を佐伯に向けていた。

無理もない、と佐伯は思った。運動に夢中になり、それしか見えていない連中には、佐伯の話は、決して面白いものではなかったはずだ。

「もう何も言わない。ただ、ここに泊めてくれるとありがたいのだがな……」

「それはかまわないわ」

内海礼子が言った。「ただし、一刻も早く出て行ってもらうわ」

佐伯はどうするべきか考えた。

物証はないが、『全エ建』が原発推進派に巨額の金を支払っているという情報を得た。電力会社の下請けが、作業員を補充するのに暴力団を利用しているということもわかった。さらに、その作業員は、ほとんど使い捨ての状態で、暴力団は、病気になろうが死のうが、誰も問題にしないような連中を作業員として集めているということもわかった。

佐伯の調査は、警察の捜査ではない。

情報さえ集めれば、物証はそれほど必要はないかもしれなかった。このまま、東京に帰っても仕事は終わったことになる。

それでもかまわないという気がした。

「わかった。明日は出ていこう」

佐伯は言った。

集会はお開きになった。佐伯は、二階にひとり残された。

　下の事務所では、さかんに、誰かが話をし始めた。日常の業務が始まったのだろう。佐伯が、様子を見ようとすると若い男が、階段の下から佐伯を見上げた。

監視しているつもりなのかもしれない。

佐伯は、畳の上に寝ころんだ。まだ、一日は始まったばかりだ。まるで、軟禁されたような気分になった。

集めた情報は、たぶん、充分なはずだ。内村所長は、佐伯が名古屋に着いて以来知ったような事柄は、すでに知識としては知っているかもしれない。

佐伯は、それを確認すればいいのだ。

だが、内村が出張を命じた理由はただそれだけだろうか――佐伯は考えた。

そして、彼は、俠徳会の羽黒のことが気になっていた。

集会所の一階にある事務所では、ある議論が持ち上がっていた。

土地の住民が、東森にこう言ったのが発端だった。

「わしはあの男が嘘を言っているようには感じられない」

それは、年老いた漁師が言った言葉だった。だが、東森はそれを無視した。

土地の住民が引き揚げたあと、運動のスタッフたちが二つに別れて議論が始まった。

反町裕司《そりまちゆうじ》という名の若者が、言った。

「少なくとも、あの戦いかたは本気でした」

彼は、手裏剣を拾い集めて、佐伯に手渡した若者だった。

「あのくらいの演技は、ヤクザならやってのける」

東森は、苦々しい表情で言った。

「住民のなかには、彼の言うことをもっと聞いてみようという者もいます」

「さっきの漁師か」

東森は、嘲笑を浮かべた。「だから、田舎者は困るんだ。すぐに人を信用してしまう……」

反町は、一瞬だが、怒りの表情を見せた。

「僕たちは、何のために戦っているのです？　住民のためじゃないんですか？」

「もっと大局的にものを見なけりゃいかん。いいか？　この町での闘争は、この町の住民のためであって、住民のためだけのものではない。ここでの勝利は、運動全体の勝利と見なされるのだ」

「言いたいことはわかります。だったら、なぜ、本気で勝つやりかたをしないのですか」

「どんなやりかただ？」

「あの佐伯という男が言ったように、いろいろな手段を使うのです」

「君は運動というものをわかっていない。運動は常に支持されなければならない。卑劣な手段を用いるわけにはいかないんだよ。正攻法で勝つ。これが使命なんだ」

「でも、佐伯という人のいうことにも一理あるような気がしますね」

「反町くん」

内海礼子が言った。「あたしたちは、これまで、東森さんの立てた方針に従ってうまくやってきたわ。運動の足並みを乱すような発言はつつしんでちょうだい」

反町は、何か言いかけたが、ふてくされたように眼をそらした。

彼は、事務所の外に出ていった。

反町がいなくなると、東森が言った。

「困ったものだ」

「若いのよ」

「君だって若い」

「あたしは、東森さんを信じているわ」

「それが彼にとって問題なのかもしれない」

「どういうこと？」

東森は、笑いを浮かべた。女性を意識した甘い笑いだった。

「君だって、気づいているだろう？　彼は、君に気があるんだ」

9

羽黒は、半田に、宿には帰らず、発電所の子会社の独身寮へ行くように命じた。寮に着いて、まず、けがの手当てをさせた後、半田に言った。

「志賀を呼べ」

半田は、すぐさま志賀を探し出した。志賀は、事務所にはおらず、プライベート・ルームでテレビを見ていた。

「何ですか？　兄貴」

志賀は、羽黒にそう尋ねた。

羽黒は両手の前腕に、半田は、右腕に包帯を巻いており、その包帯には血がにじんでいた。

しかし、志賀はまったく気にした様子はなく、そのわけを尋ねもしなかった。いかにも、けがなどは日常だといった態度だった。

「佐伯だ」

羽黒は言った。

「ほう……」

志賀は、言った。「何者だったんです？」

「わからねえ。だが、やつに煮え湯を飲まされたのは確かだ」

「戸坂組の回し者だよ」

半田は、怒りを露わに言った。「やつは、俺たちの資金源を乗っ取ろうと、ここまでやってきたんだ」

志賀は羽黒に尋ねた。

「そうなんですか？」

「いや。そうは思えねえな……。戸坂組が欲しいのはあくまでも栄の縄張《シマ》りだ。戸坂組のやつへの対応を見ても、やつが戸坂組とは思えねえ」

「芝居を打ってたんですよ」

半田は言い張った。「俺たちをだまそうとしてやがったんだ」

「少し黙ってろ」

羽黒は半田に言った。半田は、自分の立場を思い出したようだった。

「それで？」

志賀が羽黒に尋ねた。「どうしようというんです？」

「やつは、反原発の連中の味方をした。俺たちにこういうことをするとどうなるか、ちゃんと教えてやらなけりゃならん」

「はい……」

「かまうこたあねえ。反原発のやつらに、思い知らせてやれ」

「そういうことでしたら、早いほうがいいですね」

「こっちに使えるやつはいるのか？」

「けっこう悪い連中もいますからね。何人かは飼い馴らしてあります」

「よし、半田、おまえも志賀を手伝うんだ」

「わかりました」

「しかし……」

志賀が羽黒に言った。「相手はひとりでしょう？　佐伯を片づけてしまえばそれでいいんじゃないですか？　何をそう慎重になっているんです？」

「佐伯はな、素手斬りの張と五分で渡り合ったやつなんだ」

それを聞いて、初めて志賀が表情を変化させた。

「素手斬りの張と……。まさか……」

「俺はこの眼で見ていた」

「いつのことです？」

「おとついの夜のことだ」

「張は娑婆《しゃば》にいるということですか？」

「ああ。戸坂組といっしょだった。出所してすぐに雇われたのだろう」

「名古屋に戻りたくなりましたよ……」

「そう思うやつはあまりいないだろうな……。あんなやつとは関わりになりたくないというのが普通だ」

「そんなやつは、極道をやめちまえばいい」

「佐伯は、相手が素手斬りの張と知らずに戦った」

「それで……？」

「見たろう？　佐伯は生きていた」

「半田が言ったように、芝居だったんじゃないですか？」

「こと喧嘩に関しては、俺の眼はごまかせねえよ」

「まあ、そうですね……。なるほど、佐伯に対して慎重になる気持ちはわかりますね」

「それに、もうひとつ……」

「何です？」

「やつの目的がはっきりしねえ……。ひょっとして、佐伯は極道じゃねえかもしれねえ」

「何だと言うんです？」

「極道じゃねえとしたら、警察《ヒネ》の可能性もある……」

「まさか……。ここの警察は原発推進派の町役場の言いなりですよ」

「だから、どこか、上のほうからやってきたのかもしれねえ。潜入捜査なのかもな……。そういえば、佐伯は東京から来たと言っていた……」

「東京……。なら、浦賀の叔父貴に聞いてみたらどうです？　何か知ってるかもしれねえ……」

「叔父貴か……。そうだな……。とにかく、佐伯本人を痛めつけるより、反原発の連中を無差別に痛めつけたほうが、より佐伯を苦しめることになるかもしれねえ。やつの立場もなくなるしな……」

「まあ、そういうことですね。そっちはまかせてください」

羽黒はうなずいた。

年老いた漁師が、網を繕っている。

船着場の隅にあぐらをかき、じっと手もとを見つめて手だけを動かしている。

彼は、すでに船を息子に譲っていた。顔も体も赤銅《しゃくどう》色に焼けている。

彼の前に三つの人影が並んだ。

年老いた漁師は顔を上げた。片方の眼が白く濁《にご》っていた。

漁師の表情は、たちまち厳しくなった。

彼の前に立っているのは、原発の内部で働く作業員としてこの土地に連れてこられ、志賀に眼を掛けられた若いチンピラたちだった。

チンピラのひとりが言った。

「じいさん。俺たちが誰だかわかるな?」

漁師は立ち上がった。昔は自慢だった足腰が、すでに衰えており、勢いよく立ち上がるというわけにはいかなかった。

「ふざけた口をきくな。半端者どもが!」

チンピラのひとりは、口を歪《ゆが》めるようにして笑った。

「その半端者がここではいい暮らしができる。なぜだかわかるか?」

「あんなおかしなものを建てておったせいで、おまえたちのようなやつらが土地にやってきた。ここは俺たちの土地だ。出ていけ！」

別のチンピラがナイフを出した。街中の不良たちがよく持っているバタフライ・ナイフだった。

彼は、グリップ兼シースとなっている金属部分をかちゃかちゃいわせた後、刃を掛けてあった網に突き立てた。ナイフを一気に引き上げて、網を裂いた。

漁師は、心底腹を立てた。

「何をする！」

彼は、網を裂いた若者につかみかかった。

若者は不愉快そうに顔を歪め、ナイフをさっと横に払った。

老人は、あっと声を上げた。

日焼けした頬に切れ目が走り、みるみる血が溢《あふ》れてきた。彼は片手で頬を抑えた。

「けがしちまったな……」

チンピラのひとりが、楽しそうに言った。

「漁師をなめるなよ」

「ほう……。どうしようってんだ？」

「歳はとっても、おまえらのようなやつには負けはせん」

「そいつは多分、思い違いだぜ」

チンピラは、漁師の両肩をつかむと、引きつけながら膝蹴りを腹に叩き込んだ。

老人は、息ができなくなり、よろよろと後退した。

その腰のあたりに、別のチンピラが回し蹴りを見舞った。

強烈な回し蹴りで、老人は立っていられなくなった。

倒れた老人を、三人は袋叩きにした。老人は、頬からだけでなく、口のなかを切り、また鼻からも血を流した。

漁師というのは、気が荒い。昔はこの老人も喧嘩に明け暮れたことがあった。

それだけに、よけいに情けなかった。自分の衰えに腹が立つのだ。

チンピラのひとりが言った。

「佐伯とかいうやつが、ふざけた真似をするからこういうことになるんだ。恨むなら佐伯を恨むんだな」

三人は去って行った。

小学校の教師が、仕事を終えて、すぐ近くにある自宅に帰ろうと道を歩いていた。

彼は反原発運動に参加していたが、本来なら立場上認められないことだった。

教師というのは、主義主張を大幅に制限される。彼が、まだ教師でいられるのは、この町の人口流出のせいだった。

教師のなり手が少ないのだ。

町が原発誘致を決めてから、学校のなかもひどいありさまだった。町は推進派と反対派でまっぷたつに分かれた。

おとなの社会は、子どもの社会にも反映する。子供たちも、反対派と推進派に分かれてしまった。

推進派の子供は裕福な家庭の子供であり、単なる対立ではなく、差別的な対立となっていた。

原発ができるまで仲のよかった子供たちが本気で憎み合っていた。一般の教師たちは、その問題に当たらず触らずの方針だった。

その教師は、反対派の子供の弁護をした。反対派の親は、その教師を支持した。圧倒的な支持だ。

彼がまだ学校にいられるのには、そうした事情もあった。

彼の前に、志賀と半田が現れた。

教師は、彼らの目的がすぐにわかった。嫌がらせにあったのは一度や二度ではない。

教師は、志賀と半田を無視して通り過ぎようとした。

彼が、志賀と半田の脇を通り抜けようとしたとき、半田が動いた。彼は、隠し持っていた金属バットでいきなり殴りかかったのだ。

半田は、教師に声をかけることすらしなかった。問答無用で殴りかかったのだ。

教師は、反射的に両手で頭部をかばった。前腕にバットが当たり、ひどいショックがあった。

一発目で骨にひびが入った。

半田は、何度もバットを教師に叩き付けた。どこを狙うというわけではない。当たるを幸いに振り降ろす。

教師は、悲鳴も上げられなかった。

腕の骨が折られ、腕が上がらなくなる。肩の関節も砕かれていた。

やがて、バットが頭に当たった。ぱっくりと傷が開き、おびただしい血が流れ落ちた。

教師は、崩れ落ちた。教師の顔面がたちまち赤く染まった。

ようやくバットの攻撃が止んだ。

志賀が、倒れた教師を見下ろして言った。

「佐伯がばかな真似をするからこういうことになる」

志賀は、倒れている教師の腹を蹴った。

教師は、半ば気を失いかけていたが、腹を蹴られたショックで、一時的に目が覚めた。

「佐伯を恨むことだ」

志賀はそう言うと半田とともに歩き去った。教師はその言葉を朦朧《もうろう》としながら聞いていた。


反対派の若者がひとりで歩いているところをやはり、三人組のチンピラに襲われた。

また、年頃の娘がいる中年男性は、殴られ、娘に危害を加えると脅かされた。

それだけのことが、たった一日のうちに起きた。

朝、佐伯が羽黒と半田を追い払ったその日だった。

夜になると、反対派の連絡所には、次々と人間が集まってきた。

実際に被害にあった者で、軽傷のものは顔を出したが、年老いた漁師と教師は、入院が必要な重傷で、連絡所には来られなかった。

次々と入る報告を受け、東森は、完全に度を失っていた。

彼は二階に駆け昇った。

「君のせいで、とんでもないことになっている」

東森は佐伯にいきなり言った。

「ヤクザが報復に出たか?」

「そのとおりだ。これまで、さまざまな嫌がらせはあったが、これほどの暴力を集中的に振るわれたのは初めてだ。これはすべて君のせいだ」

「新しい原発の予定地の測量を阻止したかったんじゃないのか?」

「暴力に訴える気はなかった」

今では、連絡所にやってきた人々がみな、二階に集まっていた。彼らは、東森と佐伯のやりとりをじっと見守っている。

「彼らは、あんたたちを排除して、測量を強行しただろう」

「測量を阻止できなかったら、基礎工事を阻止する。基礎工事を阻止できなかったら資材搬入を阻止する。それが、われわれの運動のやりかただ」

「そして、また、新しい原発ができる」

「そうかもしれないが、運動は継続できる。運動は永遠に続くんだ」

「何のための運動だ？」

「君にそれを問う資格はない。君が来るまで運動はうまくいっていた」

「地道な運動は認める。それは必要なことだ。だが、いわれのない圧力がかかったとき、それに立ち向かおうとは思わないのか？　敗北することを認めながら形だけの運動を続けることがそれほど大切だとは思えないな」

「私たちの運動の目的は、ヤクザと戦うことではない」

「それを覚悟しなければならないときもある。推進派がヤクザを使うのだから」

「冗談じゃない。運動の本質からかけ離れている」

「いいさ。俺はひとりでも戦う」

「戦う？」

　東森は奇妙な顔をした。佐伯の真意を計りかねている表情だった。

「そう。俺は、俠徳会の連中と戦う。一度、戦いの火蓋を切った限りは、決着が付くまで戦い続ける。ヤクザを相手にしたら、それくらいの覚悟がなくてはならない」

「なぜだ。なぜ、私たちを放っておいてくれないのだ」

「あんたは運動を独占しようとしているが、反原発運動は、あんただけのものじゃない」

「君になにができるというんだ?」

「わからない」

「やめてくれ。君が不用意なことをやるたびに、反対派のけが人が増えるんだ」

「もう彼らには手を出させない」

「いったい、何の権限があってそんなことをいうんだ?」

「俺は環境庁の人間だ。環境政策上好ましくないことがあれば、場合によっては、実力で排除する」

東森は、信じがたい言葉を聞いたような顔をしている。一瞬、唖然としたが、すぐに、気を取り直して言った。

「とにかく、君をこれ以上ここに置いておくわけにはいかなくなった。すぐに出ていってくれ」

「しかたがないな」

佐伯は言った。

彼は孤立無援は恐れてはいなかった。むしろ、組織のことを気にしながら何かすることのほうが面倒だった。

何事も組織第一の警視庁でも、彼はひとりで暴力団狩りを続けていたのだ。

「待ってくれ」

成り行きを見守っていた住民のひとりが言った。

東森はさっとそちらを見た。

殴られ、娘を凌辱《りょうじょく》すると脅かされた中年男だった。彼は漁業協同組合に勤めていた。

「何だ？」

東森は言った。

「俺はその人が言っていることが正しいような気がする」

「何を言ってるんだ。君は実際に被害にあったひとりだろう？　君がそんなことを言っては困るな……」

「原発ができて、暴力団がこの町にやってきた。これは隠しようのない事実だ。そして、推進派は、反原発運動の弾圧や、新しい発電所の建設準備にも、その暴力団を使っている。警察は、町役場と結託して、その暴力団を野放しにしている」

「だから何だというんだ?」

「暴力団も、放射能と同じく、原発によってもたらされた厄介事だ。俺たち住民にとっては、どちらも同じなんだよ」

「そうなんだ」

やはり、チンピラたちに暴行を受けた若者が言った。「俺たちは、この町を守るために戦っているんだ。安心して住める町にしたい。それが、最大の目標なんだ」

反町が言った。

「そう。僕らは、理想論ばかり追いかけていて、足もとの問題から眼をそらしていたのかもしれない」

佐伯は、彼らの言葉を意外に思って聞いていた。自分に同調する者などいないと決めてかかっていたのだ。

だが、まず、実際に被害にあった者が、佐伯の言い分を聞き入れようとした。恐怖にすくみ上がって、真っ先に佐伯に出ていけと言ってもおかしくない連中だ。

だが、佐伯は気づいた。彼らは、暴力を振るわれることで、何が問題かに気づいたのだ。そして、彼らは、腹がすわったのだ。

暴力というのは、実際に当事者になるより、はたで見ているほうが恐ろしいことがある。暴力団の影響力というのは、その点に理由があるのだ。

住民の意見は、佐伯の側に傾きつつあった。だが、そのとき、内海礼子が言った。

「冷静になって」

彼女の口調は厳しかった。「非常事態で、みんな、興奮しているのよ。一時の感情でこれまで築き上げてきたものを無駄にしていいの？　東森さんの方針は、常に正しかったはずよ。みんな、頭を冷やして」

彼女の言葉は、大きな力を持っているようだった。住民たちは押し黙ってしまった。

内海礼子は、佐伯を見すえて言った。

「東森さんが、決めた以上、それに従ってもらうわ。すぐに、出て行ってちょうだい」

佐伯は、何も言わず、立ち上がり、階段を下った。

10

羽黒は、腕の傷が痛み、思わず顔をしかめていた。受話器を持つのがつらかった。

彼は、組長の輪島彰吉に電話を掛けていた。羽黒は神妙な口調で言った。

「すんません。おやっさん。こいつは自分の失敗だ。佐伯の正体を見抜けなかった……」

短い沈黙があった。

電話の向こうから、穏やかな声が聞こえてきた。

「進。私は、言い訳は聞きたくないよ。言い訳のための電話なら、もう切る」

「いや。佐伯のことは、自分がなんとかします」

「それでいい」

「それでですね、おやっさん。東京の叔父貴にちょっと聞きたいことがあるんですが」

「浦賀に……?」

「佐伯のことです。あいつは東京から来たと言った。いかにも東京者という感じだった。それでね、浦賀の叔父貴が、佐伯のことについて何か知らないかと思いまして……」

「名の通った極道だとでも思うのか？」

「そうかもしれねえ。あいつはね、おやっさん。素手斬りの張と五分で渡り合ったんですよ」

「素手斬りの張は監獄だ」

「出てきてたんですよ」

「ならば、出てきたばかりだ。腕が衰えていたのかもしれん」

「そんな感じじゃなかった……。自分の眼は確かですよ。それにね、腕が衰えていたとしても、素手斬りの張だ。やつとゴロまいて無傷でいたんだからたいしたもんだ」

「腕っぷしの強いやつはいくらでもいるよ。うちの志賀だって、ちょっとしたもんだ」

「そうですがね……。佐伯は雰囲気が違う。修羅場をくぐったやつですよ。もし、極道でないとしたら、やつは警察《ヒネ》かもしれねえ……」

「東京のマル暴が、名古屋に出張《でば》ることはない」

「そりゃそうですが、何かありそうな気がしましてね……」

「ふん。第六感か……。かまわねえよ。私が浦賀に電話を入れておく。おまえが直接掛けるんだな」

「すんません」

羽黒は、電話を切った。

すでに、夜の八時を回っている。羽黒は、いつもなら酒を飲んでいる時刻だが、今夜は素面《しらふ》だった。

酒が傷の治りを悪くすることを知っているのだ。

そういう点は、禁欲的な男だった。ヤクザとしては珍しいタイプだ。

だからこそ、彼は組長に信頼され、若頭をつとめているのだ。

浦賀に電話するのは、明日にすべきか、それとも今夜のうちにすべきか迷い、結局、すぐに電話することにした。

事務所に掛けると、電話番の若い衆が出て、組長は、夕方に出たと言った。羽黒は、組長のボディーガードが持っている携帯電話に掛けた。

電話の向こうはざわついていた。女の嬌声《きょうせい》が聞える。浦賀組の組長は、クラブで酒を飲んでいるようだった。

「浦賀だ」

「おくつろぎのところすいません。羽黒です。うかがいたいことがありまして……」

「かまわねえよ。輪島の兄貴から、ついいましがた電話があった。なんだ、訊きたいことってのは……？」

「東京から名古屋に流れてきたらしいやつに草鞋を脱がせたんですが、そいつが牙むきましてね……」

「とんでもねえ野郎だ」

「ちょっと腕の立つやつで、度胸もすわっている。ひょっとしたら、東京では名の通ったやつかと思いましてね……」

「名前は？」

「佐伯。佐伯涼です」

「佐伯だとォ！」

浦賀は大声を上げた。

「ご存じですか？」

「そいつは極道なんかじゃねえ」

「何です?」

「元マル暴刑事《デカ》だ。坂東連合系の組が三つもやつひとりに潰されている」

「ほう……」

「やつは、刑事を辞めた。懲戒免職という噂もあるが、本当のところは、警視庁の同僚も知らねえということだ。ある組がな……、刑事を辞めた佐伯に復讐しようとした。現役の刑事時代にずいぶんと世話になったからな。佐伯涼の育ての親とその家族を爆弾で吹き飛ばした。その組は、あっという間に佐伯涼に叩き潰されたよ」

「今、やつは何をやってるんです?」

「わからねえ。なんでも、どこかの役所に出向になったとか……。詳しいことは誰も知らねえ」

「警察官じゃないんですね」

「違うと思う。だがな、気をつけろ。やつが三つの組を潰したのは、刑事を辞めてからのことだ。そっちに行って、おまえんとこに接触したというのは、何か企んでのことかもしれねえ」

「わかりました」

羽黒は礼を言って電話を切った。

そばにいた志賀が物問いたげな眼で羽黒を見ていた。羽黒はそれに気づいた。

半田も、羽黒からの説明を待っていた。

「佐伯は元刑事《デカ》だ」

羽黒は言った。

志賀が訊いた。

「そりゃ、どういうことです?」

「わからねえ」

「元ってことは、今は刑事じゃねえんだ……。そうでしょう?」

「そうだ」

「だったらかまうことはねえ。いや、現役の刑事だって同じことだ。消しちまえばいい」

「問題は、何のために俺たちに接触してきたか、だ……。やつがひとりで考えたことならどうということはねえが、後ろに誰かいたとしたら……」

「誰がいたってどうということはねえ。あれこれ考えるのは極道のやりかたじゃありませんよ。考えても解決できないようなことを、解決するために俺たちがいるんだ。違いますか？」

羽黒はしばらく考えていた。彼は見かけによらず慎重な男だった。武闘派だが、頭も切れる。

極道でのしていくには、腕っぷしだけではなく、権謀術数に長《た》けていなければならない。

やがて、羽黒は言った。

「そうだな……。おまえの言うとおりだ。俺たちは俺たちのやりかたをするしかねえ。だがな、慎重にやるんだ。元刑事ってことは、俺たちのやりかたをよく知っているということだ。素人じゃねえ。叔父貴の話によると、佐伯は、刑事を辞めてから、坂東連合系の組を三つも潰しているという」

「東京じゃどうだったか知らないが、ここじゃ何もできませんよ。孤立無援のはずです。この田舎町が、やつの墓場になるんだ」

「いや……」

羽黒は言った。「墓場など、あいつにはいらねえ。あいつは、太平洋で魚の餌になるんだ」

羽黒が、にやりと笑って見せると、志賀も同調して笑った。半田は、ふたりの表情を真似ようとしたが、ぎこちなかった。

佐伯は、反原発派の連絡所を出て、暗い道を歩いていた。泊まるあてもない。この町には、鉄道の駅もない。鉄道が通っておらず、公共の交通手段はバスに限られていたが、バスはすでに無かった。野宿しかないかと、街灯もまばらな国道沿いに歩いていると、後ろから声を掛けられた。佐伯は、羽黒たちかと思い、身構えた。

だが、彼を追ってきたのは、反原発派の反町という若者だった。彼は、ヤクザに殴られた若者と漁業協同組合の職員を連れていた。

「何だ？」

佐伯は言った。

反町は立ち止まった。

「やつらと戦うというのは本当ですか？」

「本当だ。俺はそのために来た」

今では、佐伯は本気でそう思っていた。内村所長が佐伯に出張を命じたのは、それが目的だったような気がしてきたのだ。

「ひとりでも戦うと言いましたね」

「言った。そのつもりだ」

「僕たちがいっしょだと、足手まといですか?」

「何だって?」

「僕たちは、戦わなければならないと考えているのです」

「東森はそうは思っていない」

「この町での運動は、僕たちの運動です」

「東森の方針に従わないということか?」

「基本的な方針には従います。ですが、地域によって独自性が生じるのは当然のことだと思います。運動すべてを均一に管理しようとするのは、運動家のエゴです」

「そのふたりは実際に被害にあった人か?」

「そうです。こちらは、石川さん。漁協に勤めています。こっちは、大久保くん。東京の学生だったのですが、こっちの運動を支援に来てくれてます」

「東京から?」

大久保は照れたように笑った。

「支援なんて大げさで……。ほとんど、プータローだったんです。大学を休学してこっちで世話になってるんですよ」

「プータローが運動を支えている。発電所のメンテナンスを行っているのも、似たような連中だ。何か象徴的だな……」

「その点でも話があったのです」

反町は言った。

「どの点だ？」

「発電所で働いている外国人労働者です。彼らは厳しく外部との接触を絶たれていますが、僕らはなんとか、彼らと連絡を取る方法を模索してきました。その結果、作業員の何人かと連絡を取れるようになったのです」

「東森はそれを知っているのか？」

「いえ、彼には知らせていません。彼はそうしたスパイ行為のようなことを嫌うのです」

「そうだろうな……」

「ここで立ち話もなんですので、僕の部屋へ行きましょう。狭い部屋ですが、よければ、泊まってください」

「それは助かるな。野宿しようかと思っていたところだ」

反町の部屋は、古い漁師の家の離れだった。物置を改造した部屋で、天井には、梁《はり》がむき出しになっている。

土台を作り畳を敷いて、何とか人が住める場所になっていた。窓は小さく、汚れたガラスがはまっている。

最近では見なくなった、十文字に木製の桟《さん》を組んだ窓だ。

部屋のなかには小さな机が置いてあり、机の上は資料でいっぱいになっていた。

玄関を入ると、狭い土間になっており、そこにガスコンロを載せた台があった。台の下にはプロパン・ガスのボンベがある。

「一日の大半は、連絡所にいますんで、部屋はこのありさまです」

反町は言った。

またしても、佐伯は、推進派と反対派の違いを思い知らされた。

佐伯と石川、大久保が部屋に上がると、すでに窮屈な感じがした。反町が、土間の間に合わせの台所で、湯を沸かし、インスタント・コーヒーを入れた。

連絡所では、茶も出なかったので、佐伯はインスタント・コーヒーをありがたく飲んだ。実際に大変うまく感じた。

「発電所の正規の職員のなかにも、問題を感じている人々がいます。彼らの立場を考えて、氏名は厳しく秘匿してあります。事故のとき、バングラディッシュ人が死んだことを僕らに知らせてくれたのは、その人々です」

反町は話し始めた。

「俺も、その連中のことは尋ねないことにしよう」

「その人たちが、外国人労働者たちと秘密で連絡を付けてくれるのです」

「君たちは、その外国人労働者が、どういうルートで連れてこられるか知っているんだな?」

「暴力団です」

「けっこう」

「僕らが暴力団と戦おうという理由はふたつあります。ひとつは、発電所の運転経営を健全なものにしたいこと。ひとつは、この町の浄化です」

「発電所の経営を健全なものにしたい? それは奇妙だな。君たちは、原子力発電所の存在そのものを否定しているのだろう?」

「現実にあって、しかも稼働しているものについては、見ない振りをするわけにはいきません」

「東森も同じ意見なのか?」

「残念ながら、その点で、僕らはいつも食い違うのです。彼は、この土地の人間ではありません。この土地で生まれた反原発の運動を全国ネットワークに組み入れるためにやってきた人間です」

「もちろん、彼のおかげで、多くのメリットを得た」

漁協の石川が言った。「個別の運動が、全国ネットとリンクすることは、たいへん意味がある。だが、個々のケースをすべて無視すべきじゃない」

佐伯はうなずいた。彼は、まだ反町の話が終わっていないと気づき、先を促すように彼を見た。

反町は話し出した。

「僕たちは、初め、何をどうしたらいいのかわからずに、闇雲に反対運動を始めました。何かしなければいけない。そう思ったのです。確かに原発がなければ、ここは、鉄道も通っていないし、漁業以外に産業もない貧しい町です。原発が出来て、確かに豊かになった部分もあります。しかし、町の人は真っ二つに分かれてしまい、推進派の店では、反対派は買い物もできないありさまです。町の商店は多くは推進派です。発電所の職員のほうが反対派よりずっと豊かですから……。飲食店も、発電所さまさまです。原発が出来て確かに町に金が入ってきた。でも、以前とは別の町になってしまいました」

「危険もある」

「そうです。電力会社や推進派は、安全基準はしっかりしていると主張します。でも、本当に安全で、環境に対する影響も少ないのなら、どうして東京湾に原発が作られないのです？　原発が作られるのは常に過疎の問題を抱えているような土地なのです」

「言いたいことはわかる。それで、とにかく運動を始めた、と……。それで……？」

「手さぐりで運動を始めた僕たちは、やがて反原発の全国ネットワークがあることを知り、連絡を取ったのです。すると、すぐに東森さんがやってきました。彼は、たちまち、運動を組織化しました。彼は、運動のノウハウをたくさん持っていました。彼がやってくるまえから、内海くんが土地の運動に参加していたのですが、東森さんは、内海くんを運動の中心に据えることを提案しました」

「内海礼子は、名古屋の大学にいたのだったな……」

「ええ。東森さんは、運動にはシンボルが必要だといいました。それが、アイドルならば申し分ない、と……。マスコミへのアピール度が違うというのです。僕たちはそれに納得しました。内海くんは、以前から僕たちといっしょに活動していましたから、別に問題はありませんでした」

「だが、東森も内海礼子も土地の人間じゃない……」

「そう。次第に、運動の方針や計画を東森さんと内海くんのふたりで牛耳るようになりました。僕たちはそれでもかまわないと考えていました。しかし、実際に、こういうことが起こると、考えの違い、立場の違いは、どうしようもないと思えてしまうのです」

「わかった。俺は、戦う。いっしょに戦う人がいれば心強い。俺の考えは単純だ」

反町はうなずいた。

「今は、この三人しかいません。でも、きっといっしょに戦う人は増えるはずです」

「弱気にならないこと、相手のいいなりにならないことが大切だ」

「どうすればいいか、具体的に教えてください」

「そうだな……。あまり、のんびりもしていられないな……」

佐伯は、これまでの豊富な経験に照らして、どうすれば最も安全、かつ効率的かを考え始めた。

連絡所から、住民が引き揚げ、東森と内海礼子だけが残っていた。彼らは、運動の中心人物であり、ふたりきりになることを住民はあまり不自然に感じていなかった。

住民たちは、ふたりが、運動の方針を語り合い、情報を検討しているものだと信じている。

だが、住民がいなくなると、ふたりは二階に上がった。東森が、内海礼子を抱きしめ、ふたりは、唇を触れ合った。

やがて、彼らは互いの唇をむさぼり始めた。東森の両手は内海礼子の背中をきつく撫《な》でさすり、やがて、豊かな腰に達した。

「あん……、せっかちね……」

「生理だと言って、しばらく御無沙汰だったじゃないか」

「布団くらい敷いてよ」

「……わかった……」

東森はいそいそと布団を敷き始めた。

内海礼子は、若さに似合わない妖艶な笑いを浮かべて、東森を見た。

「じらすなよ……」

内海礼子は、笑いを浮かべて、東森を見ながら、明かりを消した。

ゆっくりと内海礼子は腰を降ろす。東森は彼女を横たえ、抱きしめた。

ふたりの両手が交差し合い、いつしか、ふたりとも全裸になっていた。

東森と内海礼子は激しく交わった。

一時間後、彼らは、全身に汗をかき、ゆったりと横たわっていた。

「どう思う？　あの佐伯って男……」

「気にするな。ひとりで何ができる」

「もし、住民を味方につけたら？」

「私の方法の正しさを思い知るだけさ」

「だといいけどね……」

「それ以外、何があるというんだ？」

「自分の力を信じているのね」

「当然だろう。実績がある」

「本当にあなたは頼りになる人だわ」

内海礼子は、闇のなかで意味ありげに笑った。東森は、それに気づかなかった。

11

佐伯は、反町の部屋で一夜を明かした。ふたり分の布団を敷くと、部屋いっぱいになった。

朝九時に、佐伯は、反町に電話を借りて愛知県警捜査四課の榊原に電話をした。

「俠徳会を何とかしたいと本気で思っているのか?」

「思っている」

佐伯はこたえた。

「三重県警に知り合いはいるか?」

「もちろんだ」

「捜査四課か?」

「捜査四課にもいる」

「俺はいま、三重県内のある町にいる。太平洋側の小さな町だ。その町はちょっと特別なところで、俺は今、特別な問題に関与している」

「どういう問題だ?」

「この町には、原子力発電所があり、その保守点検などの日常作業に暴力団が関わっている」

「知っている。しかし、そんなところで何をしている」

「調査だ。それが俺の現在の仕事だ」

「それで、俠徳会がどうしたって?」

「この町で好き放題やっている。町の警察は、俠徳会に対して機能していない」

「あんたが気にすることじゃないな……」

「いや、気にする。俺は、この町から俠徳会を排除するために戦うと、住民に宣言した」

「ばかな真似はやめろ。俠徳会相手にあんたひとりで何ができるんだ」

「何もできないかもしれない。だが、何かできるかもしれない。俺のやりかたは、東京ではけっこう通用したんだ」

　沈黙。

　榊原は、考えている。佐伯の言い分がどの程度あてになるのかを検討しているのだ。

やがて、榊原は言った。

「それで、私に電話をしてきたのは、どういうわけだ？」

「俺は、無謀な戦いを挑もうというのではない。俺は俠徳会と戦う。俠徳会は無茶をやるだろう。そういうとき、警察の力が必要だと思ってね……」

「なるほど、それで三重県警なわけか……」

「俺を助けてくれるか？　それとも、哀れなドン・キホーテを見捨てるか？」

「見捨てる？　あんたのことなど知ったことではない。だが、あんたは、俠徳会の件で私に手柄をくれようとしている」

榊原の声が笑いを含んでいるのに気づいた。

「借りは作らない主義なんだ」

「いい心掛けだ。どうやるかは、もちろん、あんたに任せる。だが、事態は差し迫っている。俠徳会と俺たちは、今日のうちにも、全面的にぶつかるかもしれない」

「俺たち？」

「こちらの住民の何人かが、俺といっしょに戦うと言っている」

「一般市民を巻き込んだのか？」

「もともとはここの住民の問題だ」

「わかった。すみやかに動こう」

電話が切れた。

受話器を置くと、佐伯は反町に言った。反町は、朝食の支度をしている。

「ゆうべの話だが、外国人労働者をこちらへ脱走させるのは可能なのだな？」

「だいじょうぶです。以前からそういう計画があったのです。外国人労働者を連れだして、人権団体などに発電所の実情を話そうと考えていたのです」

「悪くない計画だ。俠徳会を追っ払ったら、外国人労働者を、俺が、責任持って東京まで連れていこう」

「僕たちもいっしょに行きます」

「それと、もうひとつ」

「何でしょう」

「『全工建』のことだ」

「推進派に金を払っているという件ですね」

「そう。それを証明する書類のようなものはあるか？」

「残念ながらありません。それがあれば、原発の推進派というのが、どんな連中なのか、一般に知らせることができるのですが……」

「まあ、しかたがない。推進派だって、そうそうへまはやらないだろう。あんた、その話を俺の上司のまえでできるか？」

「もちろん」

「ならば、やりようはある。多分、俺の上司はよく心得ているはずだ」

「まず、なにをすればいいんです？」

「病院へ案内してくれ」

「病院？」

「そう。俠徳会に襲われた人たちを見舞いたい」

町の病院は、ベッド数が五十ほどの規模の小さいものだったが、反町によると、原発ができてから、ようやく病院の体をなすようになったということだった。

それまでは、病院は、小さな診療所でしかなかった。

年老いた漁師は、すでに元気で、ベッドに上半身を起こしていた。

「腰が痛むだけだ」

彼は、反町と佐伯を見て言った。「心配せんでええ。漁師の腰は筋金入りだからな」

佐伯は言った。

「俺がこの町に来たせいで、こんなことになったのかもしれない。だが、いずれは起こることだったのだ。膿《うみ》は早く出すに限ると、俺は考えている」

「そう。いずれは起こることだった」

老人はうなずいた。「問題はこれからどうするかだ。わしは、やられたまま泣き寝入りというのは我慢ならない」

「俺は、俠徳会を排除するために戦う」

「仇を討つためなら必要ない」

「そういうことじゃない。それが、俺の役目のような気がする」

「あんたにとっては役目で、わしらにとっては生活を守る戦いだ」

「そう。今回、うまく俠徳会を町から追い出したとしても、いずれ、また同じことが起こるかもしれない。別の暴力団がやってくるかもしれない。そのとき、どうするかは、あんたたちが決めるんだ」

「わかっている」

反町が言った。

「俠徳会から眼をそらした運動など、もう、僕らにとって意味がないんです」

「運動には、力がなくてはならない」

老人は言った。「そして、それは、生活に根ざした力でなくてはならない。佐伯さん。わしは、あんたを信じることにする」

佐伯は、うなずき、別の病室に移動した。そこは、老人よりはるかに重傷の患者の病室だった。

チンピラに襲われた教師が、包帯だらけで横たわっていた。両腕にギプスをはめている。ひどく不自由そうだった。

顔色もわるく、全身の痛みに耐えている様子が見て取れた。

彼は、佐伯を見ると言った。

「私がこんな目にあったのは、なぜだろうな……?」

「俺が、俠徳会に歯向かったからだ」

「本気でそう考えているのか」

「責任は感じている」

「いや、違うな」

「違う?」

「私たちが腰抜けだから、こういうことになったのだ」

「そういう考えは危険だ。特に、俠徳会のような連中を相手にしたときは……」

「やけになって言っているわけじゃない。無謀に喧嘩を仕掛けるべきだと言っているわけでもない。簡単にいいなりになることが問題だと言っているのだ」

「そうだな……」

「私は正直言って、あんな連中と関わりになるのは嫌だった。安全なところで運動を続けたいと思っていた。だが、推進派があういう連中を使うのだから、衝突は避けて通れないのだ。不思議だが、こんな目にあって、かえって度胸がすわったような気がする」

「そういうものだと思う」

「私は、あなたのやりかたに従う。何をすればいいのか教えてくれ」

「第一に、けがを治すことだ。決して無理をしてはいけない」

佐伯と反町は病院を後にした。

「僕は連絡所に顔を出さなければなりません。佐伯さんはどうしますか？」

病院を出ると、反町は言った。

「俺も行こう」

「連絡所にいる連中は、佐伯さんを歓迎しないと思いますよ」

「風当たりは強いだろうが、耐えるしかないな。俠徳会は、いずれは、連絡所を襲ってくるはずだ」

「これまでは、一度もそういうことはありませんでした」

「これまでとは、事情が少し変わったんだ」

「なるほど」

反町は、ボロボロのステーション・ワゴンに乗っている。佐伯を乗せ、反町は、車を連絡所に向けた。


独身寮の事務所で電話が鳴った。

電話に出た志賀は、その電話を羽黒に差し出した。

「兄貴にです。町役場から……」

「羽黒です」

「村上だ」

相手は、原発推進派の町会議員だった。

「何です？」

「反対派の何人かを痛めつけたそうだね」

「それが何か……?」

「あまりおおっぴらなことはまずいよ。暴力沙汰が続くと、さすがに、警察だって黙ってはいられない」

「黙っていさせるんですな。あなたがたは、それくらいのことはできるはずだ」

「私は、測量の邪魔をしている連中を排除しろとは言った。だが、街中で、デモもやっていないやつらを襲えとは言っていない」

「何か、勘違いをされていませんか?」

「勘違いだと……?」

「あなたは、私らに指図できる立場にはないんですよ」

「何だって?」

「私らは、頼まれて仕事をしているだけです。あなたの手下になったわけじゃない。仕事は、私らのやりかたでやります」

「いや、しかし……」

「測量の現場で、反対派は私らに手向かったのです。こちらにもけが人が出ました。私らは、そういうことを許すわけにはいかないんですよ。この稼業、人になめられちゃお終《しま》いなんです」

「あんたらに手向かった……?」

「そうです」

「それで、これからどうする気だね?」

「反対派を一気に叩き潰すというのはどうです? それが望みなんでしょう?」

「反対派なんてどうということはない。放っておいたってたいしたことは出来ないんだ」

「だが、私らは、一度、逆らった連中を放っておくことは出来ないんですよ」

「あまり派手なことはまずいよ、君……」

「うるせえな……」

羽黒は、凄味のある声で言った。「俺たちのやりかたに口出しするな」

羽黒は、電話を勢いよく切った。

「まったく、勘違いする連中が多くて困る」

羽黒は、ひとり言のように言った。

志賀がにやりと笑った。

「極道と親しいことを自慢に思ったりする素人は、意外に多いもんです」

「極道が自分のいいなりになると思っていやがる」

「それで……？」

「反対派を叩く。そうすれば、佐伯も出て来る。そのときに、佐伯を殺す」

「それ、自分にやらせてもらえませんか？」

志賀が言った。「素手斬りの張と渡り合った腕を実際に見てみたい」

「もちろん、そのつもりだ。だが、とどめは俺に刺させてくれ」

「わかりました」

「使える連中を集めろ。今夜にでも、連絡所を襲うぞ」


東森は連絡所に現れた佐伯を見て言った。

「忘れ物かね？」

佐伯はかぶりを振った。

「いや」

「では、何しにきたんだね？」

佐伯が何か言うまえに、反町が言った。

「佐伯さんは、僕らの運動をより実用的なものにしてくれるんです」

「実用的？　それはどういう意味だ？」

「実際に問題に対処するということです」

「何だって? ふん。運動のレベルを下げようというのか。理念から遠ざかった運動は、ただの抵抗でしかない」

「発電所から外国人労働者を逃がすことが出来たら、佐伯さんは、その労働者を東京まで連れていって、ちゃんと手を打ってくれると言っています。僕も、佐伯さんに付いていって、『全エ建』と推進派の関係を説明するつもりでいます」

「そんなことをしてどうなる。残った発電所の労働者に危害がおよぶかもしれない。『全エ建』のことは、何も証拠がない。証拠がないことに、人は耳を貸そうとはしない」

「そうでもないさ」

佐伯は言った。

東森はさっと佐伯を見た。

「どういうことだ?」

「俺は、ここに調査にやってきた。しかるべき報告をすれば、上司がうまく処理してくれる」

「環境庁に何ができるものか」

「何事もなめてかかってはいけない」

「とにかく」

反町が言った。「僕らは、佐伯さんとともに戦うことに決めたのです」

「いっしょに戦う？　あのヤクザたちのことを言っているのか？」

「そうです」

「いかん。あんな連中に逆らったら、被害が増えるだけだ。放っておくんだ」

「そうはいかないと思う」

佐伯が言った。

東森は佐伯を睨んだ。

「どうしてだ？」

「やつらは、恥をかかされたと思っている。ここを攻めてくるだろう」

東森の顔色がみるみる蒼ざめていった。

「そんなことになったら、君のせいだ！」

東森は人差し指を佐伯に突きつけて言った。佐伯は平然として東森を見返していた。

「だから、俺はここに来た」

東森は、言葉をなくして佐伯を見た。やがて、彼は、佐伯から眼をそらし、力なく言った。

「好きにするがいい」

「そうさせてもらう」

それまでじっと話を聞いていた内海礼子が反町に言った。

「労働者を逃がすってどういうこと?」

「これまで、密かに計画してきたんだ。発電所の正規の職員のなかに、内通者がいる」

「そんな話は初耳よ」

「地元の人間で計画したことだよ」

「スパイのような真似は、東森さんの方針に反するわ」

「そうかもしれない。だが、秘密で事を運ぶ必要があったんだ。もし、佐伯さんが、俠徳会を追っ払ってくれたら、もうこそこそとやる必要はない。そのときは、作業員の代表を選んで、実情をマスコミに発表すればいい」

「なるほど……」

内海礼子は、東森を見た。「どう思う?」

東森は、返事をしなかった。じっと何かを考えているように見える。

だが、そう見えるだけだった。彼は、まとまったことを考えられる状態になかった。

彼は、いつヤクザがやってくるか気が気ではないのだった。

内海礼子は、反町に言った。

「これまでの運動の方針には従う気はないのね？」

「そんなことは言っていない。ただ、ちょっと、やりかたを変えてみただけだ」

「わかったわ。それを聞いて、安心した。ごめんなさい、ちょっと出掛けてくるわ。事務所をしばらく頼むわ」

「どこへ行くんだ？」

「プライベートな用事よ」

内海礼子は出ていった。


昼間だが、町のなかにあまり人影はなかった。内海礼子は、ことさらに人目を避けるように道を歩いていた。

彼女は、発電所子会社の独身寮にやってきた。

志賀が、彼女を見つけた。彼は言った。

「何だ?」

「羽黒さんは、こっちかしら?」

「ああ、事務室にいる。来なよ」

内海礼子は、志賀に続いた。

「まずいんじゃないのか、ここへ来るのを誰かに見られたら……」

羽黒は、内海礼子を見ると言った。

「だいじょうぶ。注意しているわ。知らせたいことがあったのよ」

「何だ」

「発電所の正規の職員のなかに、反対派へ内通している者がいるわ」

「ほう……」

「彼らは、外国人作業員か何かを連れだして、実情を世間に訴える、などと言ってるわ」

「なかなか面白いアイディアじゃないか」

「それともうひとつ。佐伯という男が、連絡所にきているわ。あなたたち、あの男をどうにかしたいんでしょう?」

「そう。生かしてはおけないと思っている」

「あたしと東森にとっても、あの男は邪魔なの。早いとこ、何とかしてほしいわ」

「心配するな。すぐに片づけてやるよ。おまえは、発電所内の内通者が誰なのか調べてくれ」

「やってみるわ」

「名古屋の栄でツッパリやってた娘っこが、今じゃ、反原発の女闘士か……」

「そう仕向けたのは、あなたでしょう」

内海礼子が言うと、羽黒は面白そうに笑った。

12

夕刻から、反原発派の連絡所に人が集まり始めた。

勤めに出ていた人や、学生がやってきたのだ。

彼らは、ひそひそと、東森と反町の対立について語り合った。彼らは、おおむね東森の陣営だった。

運動の中心人物は、あくまでも東森と内海礼子なのだ。反町は、人数の上からは、反主流派ということになる。

だが、反町に味方しようとする住民は、確実に増えていった。

夜の八時、羽黒たちの攻撃が、唐突に始まった。

まず、窓ガラスが割られた。石が投げつけられたのだ。

続いて怒鳴り声が聞こえてきた。

「何だ！」

「どうしたというのだ？」

住民たちが口々に叫んだ。

連絡所の一階事務室には、十名ほどの反対派がいたが、彼らはたちまちパニックに陥った。住民たちは、東森を見た。

東森は、真っ蒼な顔をしていた。彼は言った。

「ヤクザどもだ……」

住民のひとりが、それを聞いて東森に言った。

「どうすればいいんだ？」

東森は、佐伯を見た。

佐伯は、立ち上がり、すでに戸口に近づいて、外の様子を見ていた。

東森が佐伯に言った。

「何とかしてくれ。そのためにいるのだろう？」

「そのつもりだ」

佐伯は外へ出ようとしていた。

「僕も行く」

反町が言った。彼はいつになく興奮しているようだった。

彼に賛同する住民も、外へ出る気配を見せた。

佐伯は反町に言った。

「ここにいるんだ。なかを守れ」

「しかし、ひとりじゃ……。相手は何人いるかわからない」

「ひとりのほうがいいんだ」

佐伯は、外へ飛び出した。


連絡所の周囲は、街灯もまばらで、暗かった。漁師の家の陰などは、真の暗闇だ。

その闇のなかで、うごめく人影が見て取れた。

佐伯は、『佐伯流活法』に伝わる暗視法を用いていた。視点を定めず、ゆっくりと移動させ続けるのだ。

何かを見たいと思ったら、対象からわずかに視点をずらす。それが暗視法のコツだった。佐伯は、連絡所の壁づたいに進んだ。

ほとんど足音を立てない。

武道の達人は、自分の体を実にうまくコントロール出来る。そのため、足音を立てずに素早く移動することが出来るのだ。両足の親指のつけ根のあたりに重心を集中させる訓練が身についているのだ。

闇のなかの人影にそっと近づく。相手は、まだ、佐伯に気づいていない。

「いたずらが過ぎると、ばちが当たるぞ」

佐伯が言うと、人影はさっと振り向いた。

志賀が作業員のなかから選びだしたチンピラのひとりだった。

「野郎！」

作業員は殴りかかってきた。

右のフック気味のパンチだ。

佐伯は、そのパンチをかわしながら、体がぴったりと密着するほど接近し、相手の左足の後方に左足で踏み込んだ。

それだけで、相手は倒れた。

倒れた相手の顔面に、すかさず、踵《かかと》蹴りを落とした。

チンピラは、まず、顔面に激しいショックを受け、次に、後頭部を地面に打ちつけた。彼は眠った。

ひとり、片づけて、佐伯は膝をついて姿勢を低くした。

そのとき、連中が何をしていたか気づいた。ガソリンの臭いがした。

彼らは、連絡所に火を付けようとしていたのだ。

佐伯は、急いで、連絡所の裏手に回った。連絡所の裏手には、すぐ山が迫っており、雑木林になっている。

ふたりのチンピラが、やはり、ポリタンクを傾けていた。

佐伯は、怒りを覚えた。

羽黒は、火事を起こすことを何とも思っていない。このあたりは、漁師の家が多い。つまり、原発反対派の住処《すみか》だ。

羽黒は、連絡所もろとも、反対派住民の家まで焼こうと考えているようだ。

佐伯はスポーツ・ジャケットの裾をはね上げ、ベルトに差してあったトカレフ自動拳銃を抜いた。

羽黒が持っていた銃だ。

そのあたりは、まだ、ガソリンの臭いがそれほど強くはない。気化したガソリンが充満していないのだ。

今なら発砲しても引火はしないと判断した。

佐伯は、空に向けて一発撃った。

ふたりのチンピラは、びくりと顔を音のほうに向けた。

「今度は本当におまえたちを狙う」

佐伯は言った。「さっさと立ち去れ」

チンピラたちは躊躇《ちゅうちょ》しているようだった。

佐伯はさらに言った。

「銃がこわくないのか？　言っておくが、俺は充分に銃に慣れている。腕も悪くない」

チンピラの片方が、後ずさりした。

そうすると、もう片方もそうせずにはいられなくなった。

やがて、ふたりは逃げだした。

佐伯は、連絡所の表側へ戻った。

すでに、ガソリンが、たっぷりと気化している。臭いでそれがわかる。

もう銃を撃つのは危険だと思った。彼は、撃鉄《ハンマー》をハーフコックに戻した。トカレフはその状態で自動的に安全装置がかかる。

佐伯は、銃をベルトに戻した。

「おい、佐伯」

誰かが呼んだ。

佐伯はそちらを向いた。

その瞬間に、眼に閃光が飛び込んだ。

自動車のヘッドライトだった。いきなり、アッパーで点灯したのだった。

暗闇のなかで、佐伯は、視力を奪われた。

（しまった……）

佐伯は、舌打ちをしていた。

誰かが、勢いよく近づいてくるのがわかった。

佐伯は、前腕を掲げて頭部と顔面と守った。一撃目を顔面に食らわなければ何とかなるはずだった。

彼は、衝撃にそなえて、身を固くした。

だが、襲ってきた衝撃は、佐伯の予想をはるかに超えていた。

脇腹にしたたかなショックがあり、その勢いで、横に吹っ飛ばされていた。

佐伯は、もんどり打って倒れていた。腹にダメージが残っている。息が出来なかった。

どんな攻撃を食らったかはすぐにわかった。おそらく回し蹴りだと思った。

相手が誰であるかもわかっていた。

羽黒ではない。志賀という体格のいい巨漢に違いなかった。彼が、格闘技をやることは、一目見てわかった。

足音が近づいてきた。

まだ暗視力は戻らない。ライトの残像が、はっきりと残っている。蹴りのダメージも去ってはいなかった。

しかし、だからといって寝ているわけにはいかなかった。

相手は休息を許してなどくれない。

佐伯は、歯を食いしばり、横に転がった。何をされるかは予想がついていた。

案の定、佐伯が寝ていた場所を、相手は勢いよく踏みつけてきた。

ごろごろと横に転がり、佐伯は、何とか立ち上がった。

喧嘩において、倒されるのは、圧倒的に不利だ。

視界の中央に、ライトの残像がある。

その残像の向こうに黒い人影が見えた。佐伯は、また両腕で頭部と顔面を守った。

今度は、左のももにひどい衝撃がきた。

ローキックだった。

激痛のため力がぬけ、膝をついてしまった。佐伯は、次の攻撃を覚悟した。

背を丸め、頭部を抱えるようにして守った。次の一撃で倒されるかもしれないと佐伯は思った。

態勢が悪すぎる。

だが、相手の攻撃はやってこなかった。

声が聞こえた。

「これで、素手斬りの張と渡り合ったって……?」

志賀の声だった。「冗談だろう。まったく拍子抜けだ」

「体調が悪いのかもしれねえな」

別の声がした。羽黒の声だった。「なんか、眼が不自由なように見えるがな……」

羽黒は笑った。

志賀が言う。

「これじゃ弱い者いじめだな……」

彼の声も笑いを含んでいる。

正面から前蹴りが来た。爪先を利用した蹴りで、まともに蹴られたらひとたまりもなかった。

しかし、志賀は手加減していた。佐伯は、胸のあたりを蹴られて、後方へひっくり返った。

彼らは佐伯をいたぶっているのだ。

「俺を怒らせるとどういうことになるか、じっくり教えてやるよ」

羽黒が言った。

佐伯は、あえいでいた。だが、視力が回復しつつあった。

「おい、半田、火を付けろ。なかにいる連中をみんな焼き殺しちまえ」

羽黒がそう命じた。

「はい」

半田が歩み寄る音が聞こえた。

佐伯は、弱々しくもがいて、起き上がろうとしていた。

「もう少しおとなしくしていろ」

志賀が言った。

彼はまた、起き上がりかけた佐伯の脇腹を蹴った。

佐伯は、またしてもごろりと転がってしまった。

羽黒が言った。

「てめえのせいで、連絡所は焼け、反対派は焼け死ぬんだ。せいぜい後悔することだな。そのあとで、おまえを始末してやる」

佐伯は、息を整えた。

まだ、ライトの残像は残っているが、すでに、相手の輪郭が見える程度には、視力が回復していた。

志賀はすぐそばに立っていた。

半田が連絡所に近づいて行くのが見えた。半田は、ライターと丸めた紙を持っている。

佐伯は、息を止めた。胸や腹が痛むが、その痛みに自分が耐えられることを信じた。

佐伯は、うつ伏せのまま、地面に両手をついた。そして、志賀の位置を確認した。

彼は、いきなり身を起こすと、両足を志賀のほうへ投げ出した。

両足で、志賀の足をはさむと、鋭くひねった。

志賀は、前のめりに投げ出された。佐伯のすぐそばに倒れ込んでくる。

佐伯は、その後頭部に裏拳を叩き込んだ。志賀は、ぐう、という声を上げて倒れたままになった。

佐伯は起き上がった。半田を見る。半田までの距離は、約五メートルほどあった。

佐伯は、懐から手裏剣を抜き、迷わずに打った。

今野 敏
臨界 潜入捜査〈新装版〉

定価792円(税込) 978-4-408-55692-5

原発で起こった死亡事故。所轄省庁や電力会社は、暴力団を使って隠蔽を図る。元刑事が拳ひとつで環境犯罪に立ち向かう熱きシリーズ第5弾！

新津きよみ
妻の罪状

定価792円(税込) 978-4-408-55696-3

いちばん怖いのは、家族なんです——遺産相続、空き家、8050問題……家族関係はどんでん返しの連続。名手によるホラーミステリ7編収録のオリジナル短編集！

北川恵海
真夜中のメンター 死を忘れるなかれ

定価748円(税込) 978-4-408-55689-5

彼の肩書はメンター。自殺志願少年、足を引っ張りたい女など、客の相談を聞き、解決に乗り出すが……。すべての悩める人に贈る、人生応援ストーリー！

倉阪鬼一郎
24時間走の幻影

定価814円(税込) 978-4-408-55690-1

24時間耐久マラソンレース。真夜中になるとコースに怪しさが漂いはじめ、そこに現れたのは……。本格ランナーの著者が描く、不思議で切ない感動ストーリー。

実業之日本社文庫

ます。

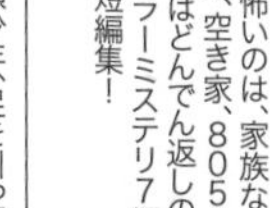

©山下以登

手裏剣は、闇のなかを真っ直ぐに飛び、半田の黒い輪郭のなかに吸い込まれていった。

「うわっ！」

半田が悲鳴を上げた。

半田の動きが止まった。彼は、ライターを取り落としていた。

どこに手裏剣が刺さったかはわからなかった。だが、目的は果たせた。半田の動きを封じることが出来たのだ。

佐伯は、滑るような足取りで半田に接近した。

半田が、さっと佐伯のほうを見る。

彼は、右の前腕を抑えている。手裏剣は、そこに刺さったようだった。

「野郎！」

半田は、左で殴りかかった。

佐伯は、戦いのときの興奮状態にいた。神経が驚くほど集中している。

相手の動きがスローモーションのように感じられる。

フックをかわしながら、相手の足の後ろに踏み出した。同時に、掌底を相手の顎に突き上げる。

半田は、あっさりと倒れた。

倒れていく半田のスピードも、今の佐伯にはスローモーションに感じられた。

半田が、地面に倒れるまえに、佐伯は、その頭を蹴り上げていた。

半田は、倒れたとき、すでに気を失っていた。

佐伯は、羽黒のほうを見た。暗くてその表情は見えなかったが、どんな顔をしているかは、想像がついた。

怒りを露わにしているに違いない。

そのとき、佐伯は、志賀がむくりと起き上がるのを見た。

裏拳の一発では眠ってはくれないようだ。佐伯は彼が起き上がってくるのを予想していた。

彼の体格を見れば、鍛え抜いていることがわかる。全身を鍛えている人間は、なぜか頭部のショックにも強くなる。

「痛えな……」

志賀は、後頭部を抑えていた。「こういうことをされると、手加減していられなくなる……」

「手加減してくれと頼んだ覚えはない」

見切りを前提とした間合いは、古流の琉球空手にはない。したがって、多くの流派から失われてしまった。

『佐伯流活法』は、剣術を原型としているので、厳しい見切りと間の攻防が、そのなかに生きている。

志賀が間を詰めてきても、佐伯は、さがらなかった。

佐伯は、ひっそりと立っているだけに見えた。だが、実際は、凄まじい集中状態にある。今では、周囲の暗さも気にならなかった。足もとの小石ひとつひとつまではっきりと見てとれるような気がしていた。

実戦では、小さな小石ひとつが命取りになることがある。つまずいたり、足をくじいたとたんに、相手の術中にはまるからだ。

志賀は、攻撃のチャンスを狙っている。彼は、攻撃力に絶対の自信を持っているようだった。

フルコンタクトで鍛えに鍛えた技だった。

佐伯は、さきほど、回し蹴りを食らった脇腹を意識した。

もう一発そこに食らったら二度と立ち上がれないかもしれない。そう思った。

志賀もそれを意識しているはずだ。

彼はプロだ。自分が相手に与えたダメージは冷静に計算しているはずだった。

佐伯は、前になっていた右足をおもむろに引いた。そして、左手をやや高めに掲げ、さきほど回し蹴りを受けた左脇腹を志賀にむけてさらした。

明らかな誘いだった。

志賀もそれに気づいたはずだ。

だが、志賀は自分の技のスピードと威力に自信を持っている。隙を作られて黙ってはいられないと佐伯は読んだ。

佐伯は、志賀のプライドを刺激したのだ。来るとわかっていてもかわせない。それが鍛え抜いた技の恐ろしさだ。

志賀は、自分の技がそういうレベルだと信じているはずだった。

志賀の闘気が一瞬高まった。

来る、と佐伯は思った。

それと同時に、中段の回し蹴りが飛んできた。

13

志賀の巨体が一瞬しなった。

しなりの反作用を利用して、すねのあたりを佐伯の脇腹に叩き付けてきた。

おおきな体が、動く、と思った瞬間に、もう蹴りは来ていた。

素人なら、その蹴りは、見えなかったかもしれない。何が起こったかわからないうちに倒されてしまっていただろう。

だが、佐伯も、志賀が動き始めたと同時に動いていた。

彼は蹴りをさばこうとはしなかった。

さばこうとしたり、ブロックしようとすれば、どうしても動作が遅れる。

一瞬の遅れは、試合では、ポイントを取られるだけだが、実戦では命取りだ。

佐伯は左の肘をしっかりと脇に押しつけ、てのひらを上に向けるようにして、一歩踏み出していた。

それだけで、志賀の蹴り足の膝のあたりをすくう形になった。

どんなに強力な蹴りも、その途中で膝を抑えられては無力になる。

さらに、回し蹴りは、膝を横に開く恰好になるので、そこをすくわれたら、たちまちバランスを崩してしまう。

佐伯は、右の『張り』でフォローしていた。『張り』を志賀の顔面に見舞ったのだ。

身長差があるので、佐伯の『張り』は、下から突き上げるような形になった。

志賀の巨体が、大地にひっくり返った。

佐伯は、すかさず、顔面に踵を落とした。それで、たいていは決まりだった。倒れた瞬間というのは、どんな人間でも無防備になるものだ。

しかし、志賀は、その一撃をかわしていた。素晴らしい反射神経だった。

だが、倒した時点で佐伯の有利は決定的だった。佐伯に手加減するつもりなどまったくない。

かわされたとたん、佐伯は、足の甲で志賀の頭部を蹴り上げようとした。サッカーのインステップキックの要領だった。

その蹴りが中断した。

佐伯は、はっと身をかわしていた。

なぜそうしたのか、自分でもわからなかった。

一瞬後に気づいた。

羽黒が、後方から得物を持って殴りかかってきたのだ。

集中力が高まっているので気づいたのだった。羽黒は、金属バットを手にしていた。車のなかに用意していたに違いない。

その隙に志賀が起き上がった。

佐伯はふたりの敵を相手にすることになった。ひとりは武器を持っている。

街中の喧嘩では、複数を相手にすることはよくある。暴力団の手入れのときもそうだ。

しかし、格闘技の達人と金属バットを持ったばりばりの武闘派ヤクザを一度に相手にするのは、いくら佐伯といえど分が悪い。

腕の一本くらいは覚悟しなければならない――佐伯がそう思ったとき、志賀が言った。

「頼む、兄貴、手を出さんでくれ」

「意地張ってるときか！」

「だいじょうぶだ。こいつのやり口はわかった」

羽黒は、バットを降ろして一歩引いた。

また、一対一となった。

だが、佐伯はそれほど有利になったとは思えなかった。

志賀の言ったことは事実だと思った。

佐伯は、一度ならず、手の内を見せてしまったのだ。相手が未熟な者なら、同じ手が何度でも通用するはずだった。

しかし、志賀が相手だと、そうはいかないはずだった。

最初の一瞬で倒すことが肝腎なのだ。だが、佐伯はその瞬間を逃してしまった。

佐伯は、対峙《たいじ》した瞬間に、一気に間を詰めた。

左右の『張り』を続けざまに出していた。

狙いは、相手の顔面ではなかった。志賀の前方になっている左の拳をまず、右で叩いた。

志賀は、びくりと反応する。

すぐさま左で志賀の手首を叩く。続いて、また右で肘を叩く。

そのように、『張り』で志賀の攻撃を封じながら攻めていくのだ。

手に神経を集中させておいて、足を払いにいく。だが、志賀ほどの格闘家は、ちょっと払っただけでは倒れない。

それはわかっていた。とにかく、いろいろなところを矢継ぎ早に攻めるのだ。

神経を分散させるのが目的だった。

佐伯は、『張り』による牽制を続け、やがて、相手の顔面にたどりついていた。

横から顔面に『張り』を見舞う。

常に、足を移動し、有利なポジションを確保しようとした。

志賀は、この攻撃に面食らったようだった。佐伯は、これまで、すべて、「合わせ」を狙って相手を倒していた。カウンターのタイミングだ。

志賀は、それを見て取ったのだ。

佐伯の矢継ぎ早の攻撃は予想していなかった。

しかも、佐伯は、決して手を引かない。引くときには、逆の手と入れ換えるように打っている。

佐伯の攻撃は、打撃と同時に、視界の遮蔽《しゃへい》にもなっている。志賀は、視覚を妨害されているのだ。

知覚神経を妨害されるというのは、たいへん嫌なものだ。単純な殴り合いのほうがまだいい。

だが、志賀の反射神経は、やはり並ではなかった。

佐伯が、『張り』を打ち込みながら、死角に回り込んだのに、彼は気づいていた。

志賀は、驚くほどの柔軟性を発揮して、足刀による横蹴りを発した。

さっと上体を倒し、近距離にもかかわらず、上段に向けて蹴り上げてきた。

蹴り技が極端に発達しているフルコンタクト系空手の恐ろしさだ。

佐伯は、その攻撃を予測していなかったわけではなかった。しかし、蹴りの角度が予想をはるかに上回っていた。

志賀の足刀が佐伯の顎をかすめた。

衝撃が脳天まで突き抜け、一瞬上下がわからなくなった。

佐伯は、よろよろとあとずさった。

距離が開き、志賀の間合いとなった。

志賀は、佐伯が、棒立ちになっているのを見逃さなかった。鍛え抜いた正拳を構え、打ち込んだ。

正拳を構えた位置は、古流のように腰ではなく、肩口のあたりだった。野球のピッチング・フォームのような感じで、顔面めがけて打ち込んだ。

佐伯にはさばく余裕も、かわす余裕もなかった。

佐伯も拳を握っていた。

体が、半ば無意識に動いた。もう、志賀の拳を食らってもいいとさえ思っていた。刺し違えるようなつもりで、右の拳を突き出した。

こめかみを志賀の拳がかすっていった。

それと同時に、右の手首にしたたかな手ごたえを感じていた。

ちょうど、肘が九十度になるくらいのところで、相手の胸の中央に当たっていた。

佐伯の体のうねりが、すべてその一点に集中していた。腕が伸びきったとき、拳が、相手の胸のなかに突き刺さるような感じがした。『撃ち』だった。

衝撃が志賀の体内を一直線に突き抜けていった。

志賀の動きが完全に止まった。

次の瞬間、志賀は、四肢をでたらめに動かしながら、崩れ落ちた。

目がうつろに開いている。四肢が、痙攣《けいれん》している。意識はすでになかった。

佐伯は、無意識のうちに奥歯を噛みしめていた。ぎりぎりと歯ぎしりをしている。

止めようと思っても止まらない。

汗が額から流れ落ちるのを感じた。

血が燃えていた。体の奥底から何かの衝動が突き上げてくる。

佐伯は吠えた。

野獣の雄叫びのようだった。叫ばずにはいられなかった。

「くそ野郎！」

羽黒が、罵声を上げ、バットで殴りかかってきた。

佐伯は、一撃目をかわした。

羽黒は、すぐにバットを戻した。左右に振りながら、佐伯に襲いかかる。

彼は怒りを露わにしている。しかし、それだけではなかった。彼の表情がそれを物語っている。

羽黒は、恐怖を感じているのだ。

バットが唸りをあげて、右から左へ通り過ぎていく。

佐伯は、その瞬間に飛び込んだ。

バットを握る手に、牽制の『張り』を打ち込む。

そうしておいて、次に肘を抑えた。

顔面に『張り』を見舞う。もう一発。さらに一発。

羽黒の動きがそれで止まる。

ふたりは、接近している。その状態からなら、投げることもできた。

だが、佐伯は、思い切り肘を振った。

耳の下を狙っていた。強烈な振り猿臂《えんぴ》が叩き込まれた。

ボクシングで鍛えた羽黒もひとたまりもなかった。

彼は、声も上げずに崩れ落ちた。

佐伯は、目をむいて羽黒を見下ろしていた。顔に大粒の汗を浮かべ、肩で息をしている。緊張と興奮のせいだった。

またしても、歯ぎしりをしていた。

知人には見せたくない姿だった。

そのとき、パトカーがやってきた。一台は、普通のセダンだが、もう一台は、軽自動車だった。

セダンは三重県警本部のパトカーで、軽自動車のほうは町の警察署のものだった。

まず、ミニパトから降りてきた警官が、佐伯に言った。

「動くな!」

佐伯は、凄まじい形相でその警官を睨んだ。まだ、興奮状態にあるのだ。

警官は、一瞬たじろぎ、腰の拳銃に手をやった。

「抵抗するな」

別のパトカーから、私服がふたり降りてきた。

「なんて顔してるんだ……」

その片方が言った。

佐伯はその私服を見た。愛知県警の榊原だった。

佐伯は、榊原を見すえたまま言った。

「遅かったな……」

「これでも、大急ぎで来たんだ」

彼は、もう一人の刑事を見て言った。「三重県警捜査四課の河合さんだ」

佐伯は、ようやく肩の力を抜いた。

榊原は、倒れている連中を見た。

「ほう……。羽黒か……。たまげたな、あっちは、志賀じゃないか。よく生きていたものだ……」

「もうふたりいるな……」

河合が言った。

「羽黒の下についている半田という若い衆だ。もうひとりはチンピラだ」

佐伯が説明した。

榊原は言った。

「いちおう、どういうことか説明してもらおうか」

「傷害、殺人未遂、放火未遂の現行犯だ」

「あんた、司法機関の人間じゃないんだ」

「いや」

佐伯は、深呼吸してから言った。「今でも現役の警察官のはずだ」

榊原はうなずいただけで、その件に関しては何も言わなかった。

彼は、ひどく居心地の悪そうな顔をしている町の警察署の警官を見た。

「俺と河合の指示に従ってくれるな?」

警官は即答しなかった。

榊原は、その警察官が返事をするまで待っていた。

やがて警察官は言った。

「自分は、三重県警の人間ですから、本部からいらした河合警部補の指示には従います」

「けっこう」

「しかし、どういうことなのか、説明だけはしていただかないと……」

「説明はしない。君は聞かないほうがいい。違うか？」

警察官は、それ以上何も言おうとしなかった。

榊原は、佐伯に言った。

「あとは、俺たちが引き受ける。さっさと東京に引き揚げてくれ」

「つれない言いかただな……」

「でないと、あんたをしょっぴきたくなる」

佐伯は、ベルトからトカレフを抜いて、榊原に差し出した。

「銃刀法違反もあった。羽黒が持っていた」

「撃っちゃいまいな……？」

「どうかな……」

榊原は、トカレフを受け取り、無造作にポケットに入れた。

「頼むから、早く消えてくれ」

榊原は、つぶやくようにそう言うと、連絡所に向かった。

佐伯は、言われたとおりにするしかなかった。反町と連絡を取るのは、榊原たちが引き揚げたあとにするしかないと思った。

あてはなかったが、とにかく、その場を去ることにした。

海岸沿いの道をただとぼとぼと歩いていた。波の音が聞こえる。

だが、海岸は真っ暗で、白い波頭が、時折見えるだけだった。

海岸線の向こうに、原子力発電所が浮かび上がって見えた。いくつものライトに照らしだされ、白い建物が、緑がかって見える。

やはり不気味な風景だった。

住民が反対する理由は、この不気味さにあるのではないか――ふと佐伯はそう思った。

放射能汚染はおそろしい。万が一、事故が起こったら取り返しのつかないことになる。

だが、住民が反対する理由は、そうした理性的な問題ではない気がした。

こうして発電所を眺めたときのどうしようもない不安感だ。

不気味な違和感。

どんなに安全性を説明されても、納得はできないはずだ。本能的にその危険を感じ取ってしまうからだ。

本来、人間に制御できない類の力を敏感に察知してしまうのだ。

だが、こうして、発電所は現実にある。

佐伯涼は無力感を感じていた。極度の緊張と興奮のあとにやってくる虚脱感も手伝っていた。

佐伯は、商店のそばに公衆電話があるのを見つけた。カードを使う電話だった。

佐伯は、受話器を上げ、スリットにカードを差し込んだ。

羽黒たちの攻撃が始まったのが午後八時だった。あれから、ずいぶんと経ったと感じていたが、実際には、まだ二十分と経っていない。

この時間には、どこの役所も電話は通じない。だが、佐伯には、内村が事務所にいることがわかっていた。

内村は、電話をかけたときに席を外していたことがない。誰よりも遅くまで事務所に残り、誰よりも早く事務所に出てきている。

佐伯は、内村が、『環境犯罪研究所』と一体なのではないかという奇妙な錯覚にとらわれることすらあった。

ダイヤルすると、やはり、すぐに内村が出た。

「終わりました」

佐伯は言った。

「今、どこです？」

佐伯は町の名前を言った。

内村は、いつもとまったく変わらぬ口調で言った。

「その町から暴力団を排除できたという意味ですか？」

「やっぱり、あなたはそれを期待していたんだ……」

「成り行き上、そうなるとは思っていましたよ」

「愛知県警と三重県警の協力を得ました」

「賢明な措置ですね」

「まだ、問題は何も片づいていません。ここからちょっと行くと、海岸に出ます。そこからは、発電所が見えるのですよ」

「センチメンタルになっていますね。発電所自体は、私たちのあずかり知らぬ問題です」

「そう言い切れる所長がうらやましい気がしますね」

「環境問題には、後ろ暗い事柄が付き物です。私たちの役割は、その不正や違法行為を調査することなのです」

佐伯は、内村に気づかれぬように深呼吸をした。

「発電所の下請けで働いていた外国人作業員が、同行してくれる手筈《てはず》になっています。彼は、実情を話してくれるでしょう。『全エ建』というゼネコンで組織している団体が、原発推進派に多額の活動資金を渡しているという証言をしてくれる、原発反対派のメンバーも同行してくれます」

「けっこう。後の段取りは、私が付けます」

「聞いていいですか？　実際には、どうするのです？」

「マスコミを動かすのが一番でしょうね。大手新聞の一部は、反原発の論調を敷いていますし、雑誌の多くもそうです。新聞が独自の取材をすれば、世論も動きます」

「そんなもんでしょうね」

「物事は急に変えてはいけない。徐々に変わっていくのが一番です」

「変わりますかね？　この利権の構造が……？」

「もちろんですよ」

内村の口調は自信に満ちていた。

「原発内部の作業など、本来、誰もやりたがらない仕事です。そこに暴力団が介入してくる。どういったらいいのか……。そういう分野は、暴力を生み、同時に差別を生むような気がしました」

「そう。ですが、そういう管理を反社会的な犯罪組織に任せていてはいけないのです」

「所長は、健全に管理できると考えているのですか？」

「そのために私は働いているのです。もちろん、私はそう信じています」

内村のこうした言葉に嘘がないのを佐伯は知っていた。

そこで気づいたのだが、佐伯も白石景子ももともと少数先住民族の子孫なのだ。

なぜだか知らないが、佐伯は安らぎを感じていた。彼は言って電話を切った。

「明日、帰ります」

14

町のなかでパトカーのサイレンが聞こえていた。

町の警察署が、羽黒たちを検挙するために働いているのだとわかった。佐伯は、海岸に出て、暗い海を眺めていた。

この海で獲れる魚のなかにかなりの奇形が見られるらしい。漁師がそう訴えるのだと羽黒が言っていたのを、佐伯は思い出した。

発電所から漏れる放射能のせいに違いない。原子力発電所の周囲の植物には、かなりの確率で突然変異が見られるという話を聞いたこともあった。

産業の発展、都市生活の維持のためには、それくらいの犠牲は些細なことだと考えている人々がいる。

経済成長がなにより大切で、快適な生活環境というのは、上下水道、エアコン、給湯システム、電化製品などが完備していることだと信じている日本人は、今では圧倒的多数派だ。

反原発論者も、真夏には、エアコンの恩恵に預かるのだし、冷蔵庫で冷えたビールを飲むのだ。

稼動中の原子力発電所は、科学技術によってコントロールされており、安全は保証されていると主張する人々も多い。

佐伯は、これまで特に反原発論者というわけではなかった。

必要なものならしかたがないという程度に考えていたに過ぎない。専門家が安全だというのなら安全なのだろうと思っていた。

だが、原子力発電所の推進というのは、そういうこととはまったく別の問題のような気がしてきた。

問題は、誰が最も必要としているかであり、なぜ必要なのかであり、また、必要としている人々が、どういう方法で建設までこぎつけ、どうやって運営しているか、なのだ。

世界の先進国の原子力発電に対する方針は、撤退あるいは凍結がすでに趨勢《すうせい》となっている。ばりばりの推進国は、むしろ少数派となりつつあり、日本はその少数派の急先鋒《せんぽう》だ。それは、単にエネルギー問題とは思えない。政治の問題であり、利権の構造の問題でしかない。

佐伯は、内村の言葉を思い出していた。

何事も急に変わるのはよくない。徐々に変わっていくのが一番だ。彼は、そう言った。

内村は、理想を信じている。ただ、信じているだけではない。日本の社会を理想に近づけるために本気で働いている。

今では、佐伯は、内村を信じてみようという気になっていた。

町のなかが静かになった。

佐伯は、立ち上がり、ズボンの埃《ほこり》を払うと連絡所に向かった。

連絡所のなかにいた反対派住民が、ある種の特別な表情で、入口の佐伯を見つめた。

称賛と畏怖の入り混じった表情だ。

そのなかに反町がいた。

「佐伯さん。本当に暴力団を追っ払ってくれたのですね」

反町が言った。

「愛知県警の捜査四課が、俠徳会を捜査することになる。三重県警本部が、この町の警察署と推進派の町役場との関係を追及するはずだ。しかし、一度出来上がった仕組みをすべて取り壊すのは簡単なことではない」

「もちろん、これからも、継続して運動は続けていきます。僕たちの町のことは、僕たちで何とかします」

佐伯は、東森を見た。

東森は、実に気まずそうな顔をしている。佐伯は彼から眼をそらした。何も言うつもりはなかった。

佐伯が、運動の方針について口をさしはさむ筋合いはない。運動のことは、東森と反町たちが話し合って決めればいいのだ。

佐伯は、内海礼子の態度が、ふと気になった。彼女は、顔色を失っている。ひどく落ち着きがない。

ヤクザに襲撃されたことがショックなのかとも思った。だが、どこか引っ掛かった。

刑事の観察眼は鋭い。一流の刑事は、一流の心理学者だともいわれている。

佐伯は、内海礼子の態度に、何か秘密めいたものを感じ取っていた。

だが、それを追及するのも、彼の役割ではなかった。

佐伯は、反町に言った。

「外国人労働者を連れて、明日、東京へ立ちたい」

「問題ないと思います」

「君も行けるのか？」

「はい」

佐伯はうなずいた。

東森が、遠慮がちに言った。

「泊まるところがないのなら、ここの二階に泊まってくれてかまわないが……」

「いや」

佐伯は言った。「反町さんのところに泊めてもらいたい。いろいろと打合せもしたいのでね」

「そうか……」

東森は、曖昧《あいまい》に笑った。

「気になることがある」

佐伯は、反町の部屋に着くと言った。

反町は、遅めの食事の用意をしていた。米を研ぐ手つきが様になっている。

「何です？」

「内海礼子のことだ」

「内海くんのこと……？」

「彼女の事は詳しく知っているか？」

「名古屋の大学生だったということくらいしか知りませんね。実家も名古屋だということです。それがどうかしましたか……」

「彼女の態度だ。俠徳会が警察に検挙されたのが面白くないような態度だった」

「まさか……」

反町は笑って見せた。

「俺の思い過ごしかもしれんが……」

「そう見えたのは、たぶん、東森さんと自分の立場のことを考えていたからでしょう」

「そうかもしれないな……。それで、これから、東森とはどうやって付き合っていくつもりだ？」

「基本的には変わりありませんよ。彼は、僕たちの運動になくてはならない人です。

全国ネットと関係を持ち続けるためにも彼は必要です。ただ、少し、妥協をしてもらうことになるでしょう」

「妥協か……」

「そう言って悪ければ、運動方針のアレンジです」

佐伯はうなずいた。

彼はまた、内海礼子のことを考えていた。彼女の落ち着きのなさは、単に、運動のなかでの自分の立場を考えてのことではない。

佐伯には、そう言い切る自信があった。

佐伯は、午前九時に出発した。反対派住民のひとりが、車を出してくれることになった。名古屋まで送ってくれるのだ。

反町たちが連れてきた外国人労働者は、やはり死亡した作業員と同じバングラディッシュ人だった。彼は、日本語がたいへん達者だった。彼は、サリムという名だった。

車はバンで、佐伯、反町、そしてサリムはゆったりと座ることができた。

「鉄道が通っている近くの町まででいいんだが……」

　佐伯は、車を出してくれる男に言った。

　彼はこたえた。

「町の恩人ですからね。できるだけのことはさせてもらいます」

「そう言われるのは、悪い気分じゃないな……」

「それに、もうひとり、名古屋まで送らなきゃならない人がいるんです」

「ほう……」

「内海さんが、急用だとかで……」

「内海礼子が……」

　佐伯は、反町が自分のほうを見ているのに気づいた。だが、何も言うべきことがないので、黙っていた。

　そこに、内海礼子本人が現れた。

「ごめんなさい。遅くなっちゃって……」

「君がいっしょとは思わなかった」

　反町が内海礼子に言った。

「名古屋に急な用ができちゃって……」

　反町は、それ以上何も言わなかった。だが、彼が、昨夜の佐伯の言葉を気にしているのに、佐伯は気づいていた。

車は順調に高速道路を走り、やがて名古屋に着いた。

名古屋駅で、佐伯たちは、車を降りた。バンの運転手は、改札口まで見送ってくれた。

内海礼子も、改札口まで来た。

佐伯たちは、新幹線の乗り場まで進んだ。佐伯は、改札口で自分たちを見送る反対派の住民と内海礼子を見ていた。

突然、佐伯は言った。

「この新幹線に乗るのは、見合わせよう」

反町が驚いて言った。

「どうしたんです?」

「ここで待っていてくれ」

そう言い置くと、佐伯は、改札口に戻った。彼は、駅員に、忘れ物があるのだと告げ、改札を出た。

駅の中の雑踏を見回す。

彼の眼は、通常の人間の眼とは少しばかり違っていた。刑事の眼だった。

彼は、人混みのなかに、たちまち、内海礼子の姿を発見した。

佐伯は、尾行を始めた。尾行に関しては充分な訓練を積んでいる。素人に簡単に気づかれるようなことはない。

内海礼子は、公衆電話に向かった。

彼女は、どこかに電話するようだった。佐伯は、そっと内海礼子の背後に近づいた。

内海礼子は、周囲の警戒を完全に怠っていた。尾行されたり、監視されることなど、まったく考えていないのだ。

佐伯は耳を澄ました。内海礼子の声が聞こえてくる。

「……ええ。佐伯涼たちは、ひかり82号で東京に向かったわ。……わかった。これから、そちらに行くわ」

内海礼子は電話を切った。佐伯は、そっと彼女の背後を離れ、物陰に隠れた。

内海礼子は駅の出口へ向かった。

佐伯は、尾行を再開した。そのとき、彼は自分を呼ぶ声を聞いた。

佐伯は、振り返った。

反町が立っていた。サリムもいっしょだった。

佐伯は、すぐに内海礼子の後ろ姿に眼を戻した。見失いたくはなかった。

反町が佐伯に言った。

「どういうことなのです？」

「内海礼子は、俺たちが乗る新幹線を確認したかったんだ。どの新幹線に乗るかを、誰かに知らせたかったわけだ」

「なぜ……？」

「わからないのか？」

「まさか……、俠徳会……」

「尾けてみればわかる」

「僕もいっしょに行きます。事情を知る必要があります」

「サリムはどうするつもりだ？　大切な客だろう？」

サリムが言った。

「私も行きますよ」

佐伯はサリムを見た。

「私だって無関係ではない。監禁されたと同じ条件で、危険な労働を強いられていたのです」

佐伯には、迷ったり彼らを説得している暇はなかった。

「いいだろう。そのかわり、勝手なことは絶対にするな」

佐伯は、内海礼子の後ろ姿を追って足早に歩き始めた。


内海礼子は、タクシーに乗った。幸い、タクシー乗り場に人はあまり並んでおらず、内海礼子の乗ったタクシーが信号待ちをしている間に、佐伯たちもタクシーに乗れた。

彼女が車を降りた場所に、佐伯は見覚えがあった。

「やっぱりな……」

佐伯はつぶやいた。

反町が尋ねる。

「何です？」

「俠徳会の事務所だ」

反町は押し黙った。

内海礼子は、間違いなく俠徳会の事務所へと向かった。

「どうして羽黒の兄貴が、警察《サツ》にパクられたりしたんだ」

組員が内海礼子に尋ねていた。

組長の輪島が、大きな机の向こうに座り、やりとりを眺めている。事務所のなかは殺気立っていた。

内海礼子が苛立った調子でこたえた。

「ゆうべ、電話で話したでしょう？　佐伯という男のせいだって……」

「佐伯は、うちに草鞋を脱いでいたやつだ。だから、その佐伯が何で……」

「知らないわよ。環境庁の仕事だとか言ってたわ」

「佐伯涼か……」

ぼそりと組長の輪島が言った。

事務所にいた全員が輪島のほうを見た。輪島は、言った。

「何者でもかまわねえ。やつが乗った新幹線はわかっている。東京の兄弟に連絡して、とっ捕まえてもらうんだ」

「電話します」

組員は言って、東京の坂東連合系浦賀組にダイヤルした。相手が出ると、彼は、受話器を組長の輪島に差し出した。

「兄貴、景気はどうだい?」

浦賀組組長、浦賀洋一の声がした。

「佐伯涼がひかり82号で東京に向かった。やつを捕まえてほしい」

「佐伯涼……。兄貴、どういうことだ。羽黒が、佐伯のことを尋ねていたが……」

「佐伯のせいで、羽黒は、しょっぴかれた」

沈黙があった。

輪島は念を押すような調子で言った。

「佐伯の野郎をとっ捕まえてくれるな?」

浦賀は言った。

「兄貴、そいつはかんべんしてくれ」

「どういうことだ?」

「あいつのことを羽黒から聞いていないのかい?」

「聞く必要なんてねえさ」

「あいつは、元マル暴の刑事《デカ》だ」

「だから何だ。今はそうじゃねえんだろう」

「よくわからねえんだ。あいつに、うちの系列の組が三つも潰されている。羽黒もパクられたといったな。そう考えると、やつは、ただの堅気じゃねえ。警察《ヒネ》の紐付きかもしれねえ。このところ、警視庁は極道に対して強気でな……」

輪島は、じっと何かを考えていた。

輪島が何も言わないので、浦賀は、続けて言った。

「ま、そういうわけだ。あいつには、手を出したくねえ」

「兄弟の頼みも聞けねえというのか？」

「すまねえな、兄貴」

「東京の極道は腰抜けか」

「何といわれてもしかたがねえが、こちとらもシノギが大切なんだ。わかってくれ、兄貴……」

「じゃあ、あいつの居場所を確認してくれ。まさか、そいつも断るというんじゃねえだろうな？」

「もちろん、それくらいのことならさせてもらう。ひかり82号だな……。見つけたら知らせるよ」

輪島は不愉快そうに電話を切った。

それから、むっつりと考え込んだ。しばらく何も言わなかった。

事務所にいる組員や、準構成員たちは、はらはらした表情で組長の様子を見守っている。やがて、輪島は組員に言った。

「おい、素手斬りの張を連れてこれるか」

「やつは、監獄じゃ……?」

「出所して、戸坂組に雇われているようだと、羽黒が言っていた」

「ならば、なんとか見つけ出せると思いますが……」

「素手斬りの張を刺客として東京に送り込む。佐伯を片づけるんだ」

「でも、戸坂組に雇われているんでしょう……?」

「素手斬りの張は、金で雇われるんだ。戸坂組との話は、俺がつける。しばらく、停戦だ。この頭を下げてもいい」

「わかりました」

「急げ、羽黒が捕まったとなると、じきに県警が家宅捜索《ウチコミ》をかけてくるはずだ。おそらく、礼状《オフダ》待ちだ。県警が来るまえに段取りをしておきたい」

「はい」

組員は、さっそく、あちらこちらに電話を掛けて、人を動かし始めた。

「あたしはどうすればいいの？」

内海礼子は、組長に言った。

「好きにしろ。もう、うちは、あの土地からは手を引く。リスクが大きくなっちまった。羽黒がいねえんじゃ、どうしようもねえ」

「用済みというわけ？　そんなのないわ」

「どこへでも消えろ」

輪島の眼が、ヤクザ独特の光りかたをした。

「なんなら、うちで作るビデオに出演してもらってもいいんだ」

内海礼子は、事務所にやってきて初めて恐怖を感じた。彼女は、無言で事務所を出た。

内海礼子は、悪態をつきながら外に出た。そこで、はっと動きを止めた。

目の前に佐伯と反町、それにサリムが立っていた。

彼女は混乱して立ち尽くした。どうして彼らがそこにいるのか理解しかねた。

反町が言った。

「僕らは、君のことを信じていた。東森さんだってそうだったはずだ」

内海礼子は開き直るしかなかった。

「甘いわよ。だから、推進派にいいようにやられるのよ」

「あんたの言うとおりだ」

佐伯が言った。「だが、あんただって甘い。ヤクザにいいように利用されただけだ。違うか？」

内海礼子は、憎しみのこもった眼で佐伯を睨み付けた。

「あんたさえいなければ……」

反町が言った。

「二度と、運動に近づくことは許さない」

彼の口調はことさらに静かだった。「僕たちは、君のことをこの先ずっと憎み続ける」

その言葉と態度は氷よりも冷たかった。怒鳴りちらしたり、殴りかかったりできないほど、彼の怒りは深く大きいのだ。

「当たり前よ。あんなところに戻ったりするもんですか」

「サリムに謝罪しろ。君にはそうしなければならない責任がある」

内海礼子は、その言葉を無視した。彼女は、さっと背を向けると、その場を去った。

反町は何も言わなかった。

「さ、行こう」

佐伯は言った。「このあたりにぐずぐずしているわけにはいかない」

三人は、足早に表通りに向かった。

内海礼子は、事務所に取って返し、佐伯がすぐ近くにいる、と教えようかとも思った。だが、結局そうしなかった。

「もう、どうでもいいわ」

彼女はそうつぶやいた。本当にどうでもいい気分だった。

彼女は、侠徳会から捨てられ、町の反原発運動からも捨てられた。もう、彼女の戻るところはなかった。

15

東京へ向かう新幹線のなかで、反町は、じっと黙りこくっていた。

ひどく沈痛な面持ちだ。佐伯は、その態度を見て、反町が、内海礼子に特別な感情を抱いていたことを悟った。

反町のような模範的な男が、内海礼子のような女性を好きになる。意外なことだが、男と女の間では、よくあることだった。

「かなりこたえているようだな」

佐伯は言った。

反町は力なくかぶりを振った。

「仲間が去るというのは、いつどんな場合でもつらいものです」

「そうだな……」

「僕に、人を見る眼がなかったということです」

「誰だって自分の思い込みで他人を判断する。どういう人間かというのは、本来の人格そのものじゃなく、他人が勝手に決めることだ。そうじゃないか？」

「そうかもしれませんが」

「彼女を好きだったというのは、何の罪でもないし、誰にも責めることはできない」

反町は、はっと佐伯を見た。それから、不愉快そうに眼をそらした。

「佐伯さん。僕らはあなたに感謝していますよ。でも、あなただって、人の心に土足で入り込む権利はないのですよ」

「もちろん、わかっている。だが、自分を責めている君を見ていると、言わずにはいられなかった」

「苛立つのですね」

「そういうことだ」

そのとき、サリムが言った。

「好きだったことを恥じる必要はありません。そうでしょう」

反町は、サリムを見た。サリムは、穏やかな表情で語った。「愛していたというのは真実です。真実に対して、恥じたり、悔やんだりすることはありません。そのことで、自分を憎んだりすることのほうが、ずっと醜いことだとは思いませんか？」

反町は、困惑した表情で言った。

「あなたは、発電所で酷《ひど》い目にあっていた。彼女は、あなたをだましてあの発電所に連れて行った連中の仲間なのですよ」

「それと、あなたが彼女をどう思っていたかは、まったく別の問題です」

反町は、何も反論できなかった。彼は、理性的な男だ。納得できないながらも、サリムの言おうとしていることがわかったのだ。

サリムは、言った。

「さらに言えば、私をだました日本人もいれば、こうして、私を助けてくれた日本人もいる。私にとっては、ただ、それだけのことです」

佐伯が言った。

「サリムの勝ちだ」

「勝ち負けの問題ではありませんよ」

反町は言った。

「そう。だが、サリムの言ったことは、検討に値するように俺には思える」

しばらくしてから、反町はうなずいた。

「そうかもしれませんね……」

「俺は、もっと現実的な話をしなければならない。内海礼子は、俺たちが乗る新幹線を俠徳会に教えた。俠徳会の連中は、東京の仲間に連絡したと、俺は思う。俺たちは、待ち伏せされていると考えたほうがいい」

「でも、僕たちは、内海礼子が教えた新幹線には乗りませんでした」

「ひかり82号に俺たちはいなかった。そうしたら、やつらは、次の新幹線を待つ。次の新幹線にも乗っていなかったら、また次の新幹線を待つ。今日、だめだったら、また、明日来る。やつらはそういう連中なのだ」

「では、どうすればいいのですか？」

「顔を知られているのは、俺だけだ。念のため、東京駅で別れよう。『環境犯罪研究所』までの簡単な地図を書こう。君はサリムといっしょにそこへ向かってくれ。所長は、すべての事情を理解している」

「佐伯さんは？」

「様子を見て決める。襲ってきたら戦う。撒《ま》く必要があったら撒く」

「わかりました」

反町はうなずいた。

佐伯はサリムを見た。サリムは、変わらぬ穏やかな表情で、かすかにうなずいて見せた。

東京駅では、佐伯はことさらに慎重に振る舞った。

反町とサリムを先に降ろし、佐伯は、ひとりでホームに出た。反町には、東京駅からタクシーに乗るように指示した。そのほうが、安全だ。

ホームでは、ヤクザふうの人間はもちろん、人を探している様子の通行人にも注意を払った。

だが、佐伯は、自分を見て表情を変えるような人物を発見することはできなかった。

（待ち伏せはないということか……）

彼は、心のなかでつぶやいた。

それから、しばらく、東京駅構内を歩き、様子を見た。やはり、待ち伏せされている様子はない。

佐伯は、割り切れぬ気分で、タクシー乗り場に向かった。

素手斬りの張は、戸坂組の事務所にいるということがわかった。

彼を雇い入れるために、侠徳会組長の輪島は、戸坂組の事務所に足を運ぶ決意をした。組員たちは猛反対したが、輪島の意志は固かった。

彼は、それほどまでに張を必要としていたのだ。

輪島は、頼りになる子分を三人だけ連れて、対立抗争中の相手の事務所へ乗り込んだ。これに対し、戸坂組も礼を尽くさぬわけにはいかなかった。

日本の暴力団と海外のマフィアとの違いはこの点にある。仁義を重んじるといわれているが、実際は、礼儀知らずの評判が立つと、彼らの稼業の上でマイナスになるのだ。

戸坂組組長と、輪島は、組長室の豪華なソファに、向かい合って座った。

「俺は、素手斬りの張を雇いたい」

輪島は言った。

戸坂組組長は、嘲笑を浮かべた。

「冗談でしょう、輪島さん。張は、うちの頼りになる戦力だ。あんたに渡すはずがない」

「張を名古屋で使う気はない」

「どういうことだ……」

「恥をさらす。佐伯涼という男に、発電所のシノギを潰された。羽黒はパクられた」

戸坂組組長は、狡猾そうに目を細めた。

「あんた、何を言ってるのか、自分でわかってるのかい？　今、戸坂組《ウチ》が攻め込めば楽勝だということを、教えてくれているんですよ」

「早晩知られてしまうことだ」

「そして、あんたは、うちの戦力を奪おうとしている」

戸坂組組長は、また嘲笑した。「そんな、話が聞けると思いますか？　せっかく、うちが有利になったというのに……」

「俺は、佐伯涼を始末しなけりゃならん。それに、素手斬りの張が必要なんだ」

「こっちもだ。俠徳会を倒して栄を手に入れるために張が必要なんだ」

輪島は、いきなり、両手を膝について頭を下げた。

「このとおりだ。張と話をさせてくれ」

戸坂組組長は、さすがに面食らった。頭を下げられては、無碍《むげ》に断るわけにはいかなかった。

「おい」

彼は、舌を鳴らしてから、子分に命じた。「張を呼んでこい」

「すまねえ……」

「張を渡すと言った覚えはないよ。張と話をさせると言っただけだ」

張が現れた。

輪島は、不気味な殺し屋を見て言った。

「あんたの腕が必要だ」

張は何も言わない。表情も変えない。まるで、何も聞こえていないかのようだった。

輪島は辛抱強く言った。

「生かしてはおけない男がいる。手ごわい男だ。あんたは、一度、その男と戦っている。つい先日、栄でのことだ」

張が、ふと表情を変えた。眉をひそめてから、頬をぴくりと動かした。どうやら、笑ったようだった。

「あの男か……」

墓場の底から響くような感じの声で、素手斬りの張は言った。

「佐伯涼という。東京にいる。その男の始末を依頼したい」

素手斬りの張は、あっさりとうなずいた。

「引き受けよう」

戸坂組の組長が慌てた。

「うちとの契約はどうなる」

張は、うっそりと戸坂組組長のほうを見た。彼は言った。

「別に契約には、違反していない。こちらの依頼は、相手を限定した暗殺だ」

「そんなばかな話があるか……」

「俺は、もう一度、あの男と戦わなければならないと思っていた……」

「ふざけるな！」

「東京から帰ったら、また、契約を引き続き履行する」

輪島は、立ち上がった。満足げな表情だった。

「邪魔したな」

彼は、堂々と部屋を出た。

子分と素手斬りの張が、それに続いた。

浦賀組の組員たちは、東京駅には向かわなかった。

組長の浦賀は、ひかり82号の到着時刻が迫っていたので、間に合わないかもしれないと考えたのだ。

その代わりに彼は、あらゆる情報を集め、佐伯が『環境犯罪研究所』に勤めていることを知った。

浦賀組の連中は、『環境犯罪研究所』を張り込んでいたのだ。

佐伯がタクシーを降り、研究所のあるビルのなかに入っていった。路上駐車をした車のなかにいた組員が、仲間をつついて言った。

「おい、あいつじゃないか……」

「……ああ……。間違いなさそうだ」

ひとりが、携帯電話を掛けた。事務所に知らせたのだ。

佐伯を確認したと伝えられると、組長の浦賀が代わって電話に出た。

「確認したのなら帰ってこい」

「ここで見張ってなくていいのですか?」

「この不景気のご時世にそんなことに人手をさいておれるか!　佐伯の勤務先を確認したならそれで充分だ。帰ってこい」

「わかりました」

電話を切ると、浦賀は、すぐに名古屋の俠徳会に電話した。

「東京の浦賀だ。兄貴、いるか?」

しばらくして、輪島が出た。

「輪島だ。浦賀か?」

「兄貴！　佐伯の勤務先をつきとめたぜ。新幹線から降りて、やつがそこに入るのを確認した。『環境犯罪研究所』というんだ。確かにそこに勤めているという情報も得ている」

輪島は、明らかに手抜き仕事だと思った。だが、これ以上の無理強いはできなかった。

「すまねえな」

「なあに、兄貴の頼みだ。お安いご用だよ」

「住所を教えてくれ」

浦賀は教えた。

「あとはこっちでやる」

電話が切れた。浦賀は、肩をすくめると、受話器を置いた。

佐伯は、『環境犯罪研究所』のドアを開けると、何ともいえない安心感を覚えた。

いつもと変わらぬ場所に白石景子がいて、いつもと変わらぬように仕事をしている。

「お帰りなさい」

佐伯を見ると、白石景子はかすかにほほえんで言った。神秘的で美しい不思議なほほえみ。

「客が来ているはずだ」

佐伯は言った。

「所長室においでです」

佐伯はうなずいて、所長室のドアをノックした。

「どうぞ」

内村の声がした。ドアを開けると、内村は、客がいるにもかかわらず、サイド・テーブルのコンピュータ・ディスプレイを覗き込んでいた。

佐伯の顔を見ると、驚いたような無防備な表情で言った。

「佐伯さん。ヤクザはどうしました?」

「それらしい人物は、見当たりませんでした……」

「それは良かった」

「話はまだですか？」

「ええ。佐伯さんのお帰りを待とうと思いまして」

「そんな必要はなかった……」

「そうはいきませんよ。では、始めましょうか……」

「紹介はもう……？」

「済んでます」

佐伯はうなずいた。

まず、佐伯が、今回の経過を順を追って説明した。内村は、まったく質問をしなかった。相槌《あいづち》も打たない。ただ、じっと聞いているだけだ。

つぎに、反町が、原発推進派と『全エ建』の関係について説明した。そして、最後に、サリムが、発電所のなかでどんな作業に従事していたか、どんな扱いをうけていたか、どれくらいの作業員が、秘密裡《ひみつり》に葬り去られたかを訴えた。

聞き終えた内村はしばらく黙っていた。何を考えているか、佐伯にもわからなかった。

おそらく、この世の誰にもわからないのではないかと佐伯は思った。

やがて、内村は言った。

「けっこうです。私が、すべてを手配します。もう一度別の人間の前で同じことを話してもらえますか？」

反町はうなずいた。

「何度でも」

内村は、佐伯に言った。

「ご苦労さまでした」

これで、今回の仕事は片づいたのだと、佐伯は思った。

佐伯は、反町に言った。

「あとは、君たちの役目だ。じゃあな……」

「あ、佐伯さん」

反町が言った。

「何だ」

「町の反対派全員を代表して、お礼を言います。本当にありがとうございました」

佐伯は、内村をちらりと見た。内村は、何も言わない。

「気にしないでくれ」

佐伯は言った。「そこにいる所長に命じられた仕事だったんだ」

佐伯は所長室を出た。


俠徳会組長の輪島は、『環境犯罪研究所』の名とその住所を書いた紙を素手斬りの張に渡して言った。

「佐伯はそこに勤めている」

張は、紙を見ると、うなずいた。何も言わないので、輪島が尋ねた。

「何か用意してほしいものはあるか?」

「ない」

「手伝いはいるか?　連絡要員とか、見張りの人間とか……?」

「いらない。俺はひとりでやる」

「そうか……」

張は、そのまま事務所を出て行こうとした。輪島が言った。

「しくじるな」

張は、しばしの間、輪島を見ていたが、やはり、何も言わず、部屋を出ていった。

「気味の悪い野郎ですね……」

戸坂組に同行した組員のひとりが言った。

「それでこそ極道じゃねえか……」

輪島は言った。

「しかし、あんな男のために、なにも頭までお下げにならなくても……」

「ふん。佐伯を片づけるためだ。目的のためなら、頭のひとつやふたつどうってことねえよ」

そのとき、どかどかと事務所に人が入ってくる足音が聞こえた。事務所が一瞬、騒がしくなった。

「何でしょう……?」

「来やがったな。警察《ヒネ》の家宅捜索《ウチコミ》だ」

組長室のドアが開いた。

刑事が何人か入って来た。その先頭に立っていた刑事を見て、輪島が言った。

「おや、榊原さん。意外と遅かったですね」

「礼状《オフダ》もらうのに手間取ってな……。輪島、今日は徹底的にやらせてもらう」

輪島は、大きく一息ついた。彼は、背もたれに体を預け、天井を眺めた。

彼は満足そうな表情だった。

何とか、佐伯のもとへ、刺客を送り込むのが間に合ったのだ。
あとは、素手斬りの張に期待するだけだ。輪島はそう考えていた。

16

朝、佐伯はひどくうなされて目を覚ました。汗をかいていた。

呼吸が乱れている。目を覚ましてみると、どんな夢だかよく覚えていなかった。

何かが気にかかっている。

目覚まし時計を見ると、もう七時半を過ぎていた。起きなければならない時刻だ。

佐伯は、通常、午前九時までに出勤することになっていた。

ベッドから降りようとして、不意に夢の内容を思い出した。夢に登場したのは、素手斬りの張だった。

彼には二度と会うことはないだろうと佐伯は思っていた。だが、なぜか、彼のことを考えると胸騒ぎがした。

（夢見のせいだろう）

彼はそう考え、洗面所へ向かった。

鏡に映った自分の顔をしげしげと見つめ、佐伯は自分に話しかけた。

「まさかな……。ただの胸騒ぎじゃないだと……。心残りだとでもいうのか……」

佐伯が『環境犯罪研究所』に着くと、白石景子はもう自分の席にいた。同じ屋根の下に住んではいるが、あまり家のなかで会うこともなければ、出勤時刻も別々だった。

白石景子のほうが、いつも、三十分ほど先に出る。

佐伯は尋ねた。

「反町とサリムはどうしたのだろうな」

「昨夜は、近くの赤坂東急ホテルに泊まってもらいました。今日は、所長といっしょに出かける予定になっています?」

「所長はいないのか?」

「はい。おふたりがお泊まりのホテルに行っています」

「かつて、上司が留守だと、気が楽だったものだが……」

佐伯は言った。「不思議だな、所長がいないと妙に落ち着かない」

「ふたりがうまくいっている証拠じゃありません?」

「俺と所長が……?　冗談だろう」

素手斬りの張は、確かに、佐伯が教えられたビルに入っていくのを見ていた。

彼は昨夜のうちに東京に着き、今朝早くから、『環境犯罪研究所』の周囲を調べて回っていた。彼はすでに、獲物を待つ狩人と化していた。

彼は、何時間でもチャンスを待ち続けることができた。すでに、彼のなかでは、世俗の時間は関係なくなっていた。

じっと、不気味に、物陰にうずくまり、彼は『環境犯罪研究所』の出入口を見つめている。

食事も摂《と》ろうとしなかった。彼は、集中力を高めているのだ。

時は過ぎていったが、素手斬りの張は、まったくそう感じていなかった。彼は、佐伯との戦いを何度も心のなかで繰り返していた。

やがて、日が暮れた。あたりが夕闇につつまれても、張は動こうとしなかった。

その彼が、突然、立ち上がった。

ビルの玄関口に、佐伯の姿を見つけたのだ。彼は、そっと佐伯の後を尾け始めた。

佐伯はおとなしく家に帰る気分ではなかった。なぜか心がざわざわと騒いでいる。

こういうときほど、真っ直ぐ家に帰るべきだということを、経験上知っていた。だが、どうしてもそうできないのだ。

酒の力を借りたかった。

『環境犯罪研究所』は、永田町の赤坂寄りにある。彼は、六本木にでも出ようかと思った。タクシーを探していると、ふと彼は何かを感じて思わず振り返っていた。

素手斬りの張がいた。

ぞっと、全身の毛が逆立つ気がした。

張は、人混みのなかに紛れた。

佐伯は、彼の姿を求めてそちらに歩き出していた。そうせずにはいられなかった。

佐伯は、張を恐れていた。だが、今、彼をつかまえなければ、この先ずっと恐れ続けなければならないような気がした。

張の姿は、通行人の間に見え隠れした。

佐伯は、夢中で追い始めた。

素手斬りの張は、溜池《ためいけ》の交差点のほうに進んでいる。彼は、急に左の路地へ入った。

佐伯は、張がどこに向かっているのか気づいた。日枝《ひえ》神社だ。

(素手斬りの張は、俺をおびき寄せようとしている)

佐伯はそう思った。

だが、追跡を止める気はなかった。

(ならば、おびき寄せられてやるまでだ)

案の定、張は、神社の急な坂を登った。佐伯は、それを追っていった。

やがて、本殿そばの、木々に囲まれた人気のない場所に出た。

素手斬りの張は、ひっそりと立っていた。佐伯は、すでに張の目的を悟っていた。

彼は、戦いの決着を付けようと考えているのだ。

佐伯は、立ち止まった。

ふたりは、約五メートルの距離を取って対峙した。

張は、じっと佐伯を見ている。その眼は、不気味に輝いている。その、異様な輝きは、張の凄まじい集中を物語っている。

おそらく、張は、佐伯の呼吸や心拍まで感じ取っている。読み取ろうとしているわけではない、自然と感じ取るのだ。

戦いに集中するとそういうことが起きる。佐伯もそれを知っていた。

佐伯は言った。

「おとなしく、名古屋にいればいいものを……」

張は何も言わない。

表情も変えない。

会話をする気などないのだ。会話は、人間と人間のコミュニケーションだ。純粋な戦いには、人間味など邪魔になるだけだと、彼は考えているようだった。

佐伯は、彼に毒を持つ爬虫類《はちゅう》の不気味さを感じていた。特に、まったく表情のない眼がそう感じさせる。

佐伯はさらに言った。

「金で雇われているそうだな。俺のごく近しい人間でそういうやつがいた」

佐伯は、しゃべることによって、落ち着きを取り戻そうとしていた。「俺の経験でいうと、そういう人間はろくな死にかたをしない。早いとこ人生を考え直すべきだ」

佐伯は、徐々に集中力を高めていった。

周囲のざわめきが遠のいていく。

張の微妙な動きが感じ取れるようになってきた。

ふと、今朝の悪夢がよみがえった。今まで忘れていたのだが、夢のなかで何が起こったのか思い出した。
張のしたたかな一撃を食らい、人生でやりのこしたことを悔いている夢だった。
佐伯は嫌な気分になった。
まるで、それを察知したかのように張が動いた。
張は、いきなり地面を蹴った。
上方に跳躍したのではなかった。佐伯のほうに突進してきたのだ。
たった一歩で、佐伯に迫っていた。
箭疾歩《せんしつほ》だった。その突進の勢いにのせて、空手でいう縦拳を突き出した。
佐伯は、横に体をさばいてかわした。それが精一杯だった。
本来なら、相手が出てくるその瞬間を見切って合わせるのだ。
しかし、張は、考えられない距離を一瞬で詰めた。
距離と時間の感覚が完全に狂わされていた。佐伯は、次の攻撃に備えた。
かわしたところで、すぐに次の攻撃がくることはわかっていた。
張は、突き出した手を引きつけず、そのまま横に振って叩きつけてきた。
佐伯は、それをブロックするしかなかった。ブロックした両方の前腕が痺《しび》れた。
独特の打撃だ。

（これが、中国武術の発勁《はっけい》か……）

佐伯は思った。

中国武術の打撃は、筋力で撃つのではなく、勁で打つのだと聞いたことがある。勁というのは、わかりやすくいうと、瞬発力のようなものだ。体の可動部所をうまく利用し、それを下半身の力でリードする。

体を鞭のように使うのだ。

さらに、足を踏み違え、逆の手で突いてきた。やはり、拳を握っている。

佐伯は、その攻撃も何とか避けた。

張も、接近戦を得意としているようだ。前回戦ってみてそれがわかった。

だから、佐伯は、何とか、張を近づけまいとしていた。

今度、打撃がきたら、それに合わせて、手を出そう。

佐伯はそう考えながら、身をかわしていた。そのとたん、張の攻撃が止んだ。

張は、さっと間合いを取った。

（読まれている……）

佐伯は思った。まるで心のなかを見透かされているような嫌な気分になった。

張は、まだ様子を見ている。佐伯にはそれがわかった。

佐伯は、張の拳が独特なのに気づいた。空手のように握った拳を中国武術では、日字拳《にちじけん》などと呼ぶ。

日字拳で真っ直ぐ突くこと、つまり、空手の正拳突きを、中国武術では、平撃《へいげき》という。

張の攻撃は平撃とは違っていた。

拳をしっかりと握ってはいない。曲げた四指の爪のあたりを親指で抑えている。握りのなかにわずかな隙間があるのだ。

「巴子拳式《はしけんしき》……。八極拳《はっきょくけん》か……」

張の表情がわずかながら変わった。

面白がっているような感じだった。自分の武術を知っている相手に出会ってうれしいのかもしれなかった。

八極拳というのは、中国武術のなかでも、極めて、勇猛で攻撃的だとされている。その一撃は、山をも揺るがすと伝えられており、凄まじい発勁を用いるので有名だ。

それがわかったからといって、佐伯は、特に優位に立ったという気はしなかった。

彼は、これまで、八極拳の使い手と戦ったことなどないのだ。

知識として知っているだけだ。

箭疾歩も知ってはいたが、実際に相手をしてみるとその対処のしかたがわからなかった。佐伯は、左足を引き、半身になって両手を掲げた。

両手は開いている。

ここであれこれ迷ってもしかたがない。

自分の戦いかたを全《まっと》うするだけだ。佐伯はそう考えた。彼は素手斬りの張を確かに恐れていた。張の腕は半端ではない。勝てる気がしなかった。しかし、負けるわけにはいかない。敗北は死を意味するのだ。『張り』の威力を信用するしかないのだ。

見切りは、どんな武術が相手でも万能だと信じていた。見切りというのは、相手に合わせることではない。自分の間合いを守ることなのだ。

佐伯は、自分のほうから、間を詰め始めた。そうすることで、さらに相手のことがよく見え始めた。

佐伯はじりじりと少しずつ間を詰めていく。張は動かない。

ふたりの間は、二メートル近くある。

この距離からの一撃は、相手が達人ならば決して通用しない。

だが、驚いたことに、張は、実に無造作にその距離から突いてきた。箭疾歩に自信があるのだ。
事実、その距離を超えて、まるで、接近戦のようなタイミングで拳が飛んできた。
佐伯は、合わせ損なった。
「く……」
佐伯は、辛うじて張の一撃をかわし、しがみつこうとした。
ボクサーが、クリンチで相手の攻撃を封じるような感じだった。
しかし、張のような実戦家には、通用しなかった。
張は、接近戦でもっとも恐ろしい頭突きを見舞ってきた。
佐伯は、慌てて体を引いた。
その瞬間に、掌打で胸を突かれた。
肺から全ての空気を叩き出されたような気がした。息ができなくなる。
さらに、拳が飛んで来た。
佐伯は、苦しさにあえいでいたが、半ば無意識に、その拳をつかんでいた。
つかんだところを中心にして、体を入れ換えた。投げにもっていこうとしたのだ。
だが、それすらも封じられた。逆に、佐伯のバランスが崩されていた。
つかんだ手を小手返しのような形で決められたのだ。

佐伯は、決められた手は放っておいて、すぐ近くにあった、相手の膝を蹴り降ろした。

だが、しっかりとした馬歩《まほ》になっていたため、蹴りの効果はなかった。

馬歩というのは、中国武術独特の立ち方で、空手でいう騎馬立ちに似ている。馬に乗るときのように、膝を両側に開いた立ち方だ。

つ、と張が踏み出すと、佐伯は地面に投げ出された。

胸を打たれたダメージがまだ残っていた。倒れているのは危険だとわかっているのだが、すぐには起きられない。

「そこそこは、やるな」

不気味な声が聞こえた。張が初めて口をきいたのだ。

彼は、倒れた佐伯を見下ろしていた。

「だが、私には勝てない」

「そうかもしれないいな」

佐伯は、地面に倒れたまま、あえいでいた。張が言った。

「おまえの武術は、代々家に伝わったものだと言ったな。殺すまえにその武術の名を聞いておきたい」

「まだ死ぬ気はないよ」

「いや、残念だが、死ぬのだ」

佐伯は、力をふりしぼって身を起こし、同時に両手をついたまま、張の膝めがけて踵を蹴りだした。

両手と片方の膝を地面についた恰好で、後方に蹴りだしたのだ。『佐伯流活法』の蹴りは下段を狙う事が多い。金的や膝を狙うのだ。そして、どんな体勢からでも蹴れるように訓練する。

張は、わずかにさがってそれをかわした。その隙に佐伯は、起き上がった。

佐伯は、あとずさって距離を取った。

約三メートルの距離があった。

「まだ戦う気力があるのか?」

張が言った。「おまえの技など、通用しないことはよくわかったろうに……」

佐伯は構えた。

彼は言った。

「俺の知っている殺し屋というのは、父親のことだ。祖父もそうだった。俺は、自分の血筋を呪ったことがあった。だから、おまえを許せない気分なんだ」

「だが、実力はいかんともしがたい」

「そうかな……」

佐伯は、張の気配に集中していた。

すでに、箭疾歩のタイミングはわかっていた。要するに、遠間にいると思わず、手を伸ばせば届くほどの距離に張がいると思えばいいのだ。

張は、一瞬、その眼に悲しみのような表情を浮かべた。

来る！　それが、佐伯にはわかった。

張が大地を蹴った。

佐伯は、距離に惑わされずに、タイミングで合わせた。

張の突きを左手でさばきながら、前足を踏み出し、右で『張り』を出した。

「ぬ……」

張の突きは不発に終わり、佐伯の『張り』が、張の顔面を襲った。

張は、さっと顔をそむけてそれをかわした。一発目の『張り』はかわされた。

だが、いける、と佐伯は思った。

そこから、矢継ぎ早に左右の『張り』を見舞おうとした。

そのとき、佐伯は、視界の隅で、突いてきた張の手の動きに気づいた。

すぐさま掌打に変化したのだ。腹に打ちつけてくる。

一瞬の出来事だが、はっきりと見えた。

そこからはかわせなかった。

腹への一撃は覚悟して、佐伯は、かまわず、張の顔面に『張り』を打ちつけた。

思い切り手首のスナップを利かせる。

右、左、更に右。

その三発の間に、腹に一発の掌打を食らった。

凄まじい衝撃だった。

ごく接近した場所から叩きつけられた掌打にこれほどの威力があるとは思わなかった。張の手と佐伯の腹は、十センチほどの距離しかなかった。

腹のなかで何かが爆発したようだった。

同様の掌打が、さらにもう一発やってくるのが見えた。

それもかわしきれないのがわかっていた。

張の掌打が、自分の腹を包むように打ち込まれるのが見える。まるでスローモーションを見ているようだった。

死がすぐ目のまえにある気がした。

佐伯は、吠えていた。

狂おしい感情が突き上げていた。

佐伯は、相討ちを覚悟した。

そして、技の封印を解いた。殺し技とされている顔面への『撃ち』を放ったのだ。

拳が張の顔面を捉えるのと、掌打で腹を打たれるのが同時だった。

そのとたん、もう一度腹のなかで爆発が起こった。視界が真っ暗になった。

『撃ち』の衝撃が、張の頭部を貫いた。佐伯はそれをはっきりと感じた。

ふたりの動きはぴたりと止まっていた。

ボクシングのパンチを食らったときのように吹っ飛んだりはしなかった。

双方とも、打撃は相手の体内に全て浸透していったのだ。

ふたりとも同時に倒れていた。

張も佐伯も動かない。

やがて、佐伯があえぎながら立ち上がった。彼はひどい不快感を感じていた。全身がだるく、冷や汗が出ていた。

腹への独特の衝撃のせいだった。だが、佐伯は生きていた。そのことがうれしく、再び叫びだしたい気分だった。

張を見下ろしていた。顔面に拳を叩き込んだにもかかわらず、鼻血などは流れていない。『撃ち』の衝撃は、表面ではなく、内側を破壊するといわれている。

佐伯は、張の頸動脈に触れてみた。脈はあった。

殺さなかったことで、彼はほっとしていた。どんな、死闘であれ、そういうものだ、と彼は感じていた。

佐伯も腹に打撃を食らっていたので、『撃ち』の威力がいく分か打ち消されたためだった。

ひどい脱力感で、一歩進むのにも苦労した。彼は、境内のなかをさまようように歩き始めた。

彼は電話を探していた。境内には見当たらない。

通りまで戻る距離が無限のように思えた。ようやく、彼は公衆電話を見つけた。

意識が遠のきかけている。冷や汗がしきりに流れ、腹の鈍痛が激しくなってきていた。

佐伯は、ようやくダイヤルした。相手が出ると言った。

「奥野巡査長を……」

「お待ちください」

待たされる時間が、おそろしく長く感じられた。

「奥野です」

彼がいてくれたことを神に感謝したい気分だった。

「佐伯だ」

「チョウさん。どうしたんです?」

「来てくれ。頼む。赤坂日枝神社のなかにひとりひとりが倒れている。俺がやった。俺もけがをしている。近くの公衆電話だ。もう、あまりもたない」

「チョウさん、どういうことですか」

受話器を持つ力がなくなった。

佐伯は、気を失った。

17

佐伯は病院のベッドで目を覚ました。

ベッドの脇には、奥野と内村がいた。

「病気をしてみないと人のありがたみがわからないというのは本当だな……」

佐伯はつぶやいた。

「チョウさん、気がつきましたか」

「気がついたと思う。これが夢のなかでなければな……」

「何があったんです？　神社で倒れていた男はいったい何者です？」

「素手斬りの張と呼ばれている。名古屋あたりじゃ有名な殺し屋だ。仕事の途中でちょっと知り合ってな……」

「恨みを買ったというわけですか？」

「そんな男じゃない。おそらく、俠徳会に雇われたんだ」

「まったく……。こういう後始末ばかり僕に押しつけるんだから……」

「昔の恩返しをしようとは思わないのか？」

内村が言った。

「あなたは、ひどく血圧が下がっているし、熱もある。気を失っていたわけですが、医者はその原因がわからないと言っています」

「腹に、二発、中国武術独特の打撃を受けたのです。たぶん、自律神経を一時的に狂わされているのです」

「どうすればいいか、自分でわかっているというわけですね」

「打たれたところがしばらく熱を持ち続けるはずです。こまめに湿布をしてその熱を取り、休息するしかありませんね」

内村はうなずいた。

「では、そうしてください。何日か入院するように手配します」

「入院？　勘弁してください。本当の病気になっちまいますよ」

「所長の私の命令です」

事実、掌打を食らった腹の鈍痛はひどく、日常生活には、しばらく不自由するはずだった。

「わかりました。看護婦を口説いても文句を言わんでください」

「あなたに、そんな真似はできませんよ」

内村は、驚いたような表情であっさりとそう言った。

『全エ建』が、推進派に多額の活動資金を渡していたという事実が、新聞で報じられた。ある新聞の単独取材という形だった。

さらに、サリムの体験談も取り上げられていた。

佐伯はその記事を病院のベッドの上で読んだ。

これらの記事は、かなりの論議を呼ぶはずだと見舞いに来た際に内村が言った。

そのとおりだろうと佐伯は思った。

その何日か後、通産省が、核燃料サイクルを見直す方針を明らかにしたと、新聞で報じられた。

こちらの記事は、退院してから読んだ。

計画されていた第二再処理工場を棚上げにするのだという。

徐々に変わるのが一番だ、という内村の言葉を、佐伯はもう一度かみしめていた。

腹の重苦しさはまだ残っていたが、日常生活には支障ない程度に回復していた。

これまで、ずっと傷のために酒を控えていた佐伯は、どうしても飲みたい気分だった。

部屋を抜け出して、キッチンへ行き、冷蔵庫を開けて缶ビールを取り出した。

半分ほど飲み干すと、身体中に染み渡る感じがした。

「夜中につまみ食い？　行儀が悪いわね」

白石景子の声がした。

「親は躾けにはうるさくなかった。躾けをされた記憶がない」

「喉が渇いたの？　それとも渇いているのは別のところ？」

「喉が渇いたということにしておく」

「ビールで満足？　もっと強いお酒はいかが？」

喉も、白石景子の言う別のところも潤いそうな予感がした。

「悪くないな」

「酒の相手は、あたしでいい？」

「悪くないな」

解説

関口苑生《せきぐちえんせい》
（文芸評論家）

今野敏の熱心な読者ならもちろんご承知だと思うが、彼はかつて参議院議員選挙に立候補したことがある。今を去ること二十三年前、一九八九年の夏だった。

この年は昭和から平成へと年号が変わったこともあって、年初から何やら慌《あわ》ただしい空気が漂《ただよ》っていた。四月にスタートした消費税の導入は庶民の懐《ふところ》をもろに直撃し、その一方でリクルート事件の官僚や政治家が、収賄容疑で次々と起訴されるという報道が連日のようにテレビ、新聞を賑《にぎ》わしていた。これにより竹下《たけした》内閣の支持率は七パーセントにまで下落（朝日新聞）、ついには首相が辞意を表明するなど（後任は宇野宗佑《うのそうすけ》）、政治不信もここに極《きわ》まれりといった感があった。怒りというのか何というのか、国民全体の間にもやもやした負の感情が、じわりじわりと深く静かに進行していたようにも思う。

そんな雰囲気の中での参院選だったわけだが、特徴的だったのは既存の政治家にはもう任せてはおけないとばかり、政治とは縁遠かった家庭の主婦たちによる、いわゆる〝マドンナ旋風〟が吹き荒れたのと同時に、ミニ政党が群雄割拠たる勢いで乱立した選挙であったことだろう。

　今野敏はそうしたミニ政党のひとつ『原発いらない人びと』から立候補したのだった。

　しかしながら、新聞報道でこの情報を知ったとき、最初はどうにも彼と原発、いや彼と政治という関わり合いが結びつかず、一体どうしたんだろうといささか失礼な感想を持ったのも事実だった。だが、じきに本人と会う機会があって話を聞いてみると、本当に真面目《まじめ》に取り組んでいることがわかったのだ。

　そもそもは、書き下ろしの取材旅行で原発がある場所を訪れたことがきっかけだったそうだ。このときに、彼は日本の原発が抱えるさまざまな矛盾や問題に遭遇したのである。それはたとえば、周辺の地域住民が感じている恐怖であったり、原発がもたらすマネーと構造であったり、住民を二分するような原発行政のありようであったりと、マスコミの報道等々では絶対に出てこない「現実」の数々であった。彼はそれらを自分の目でまざまざと目撃したのだった。しかるのち、原発と原発行政の欺瞞《ぎまん》や危険性を本能的に感じとったのだ。頭が下がるのは、そこから本腰を入れて原発のことを一から勉強し始めたという彼の真摯《しんし》な態度だ。

で、その結果としてやむにやまれぬ気持ちを抱き、立候補にいたった……と、おそらくはそういうことだったのだろう。もう少し突っ込んだ言い方をすると、初《うぶ》な心のままに新しい政治と政治家の力を信じ、期待もしていたのかもしれない（現在がそうではないという意味ではないが）。思い出してほしい。前作『罪責　潜入捜査』において、政権交代によって世の中が変わるのではないか、暴力団に対する警察や権力中枢の対応も劇的に変化するのではなかろうか、と佐伯たちは考えていた。そしてそれはそのまま作者の思いでもあったに違いない。

そう考えていくと、彼の立候補の動機も何となく見えてきそうな気もする。

どこまでも真っ直ぐな人なのだ。

というわけで本書『臨界　潜入捜査』（初刊は一九九四年『覇拳飛龍鬼』として飛天出版より刊行）は、常にも増して力がこもっている作品と感じられるのは、気のせいばかりではないだろう。今野敏がみっちりと勉強してきた原発がテーマなのである。とはいえ、取材した材料を生の形で出すことはおよそありえない。それではエンターテインメント小説としては、あまりにも面白みに欠けてしまうからだ。職人作家・今野敏の真骨頂はまさにそうした部分のテクニックで、ずっしりと重たい内容を読者の胸に刻みつけながら、手に汗握る活劇アクションで読ませるという、奇跡のような手腕をみせているのだった。そのあたりの巧みなバランス感覚と、彼の先見性をぜひとも味わっていただきたい。

だが、それにしてもと今さらながら思うのは、本シリーズが始まった一九九一年当時には存在もしなかった「環境犯罪」という言葉が、現在では当たり前のように通用している事実の驚きだ。これは今野敏の造語であり、《潜入捜査》シリーズで初めて登場したものなのである。

もちろん、それまでにも各種の公害事件や産業廃棄物の不法投棄、大量の森林伐《ばっ》採《さい》、無謀な開発による環境汚染や自然破壊、動植物の密猟（漁）、密輸などによる生態系破壊といった問題は指摘されていたし、マスコミにも取り上げられることはあった。だがいずれの場合でも、それぞれに個別の特殊なケースとして処理され、大きな枠組み――すべてが同根で繋《つな》がる、地球環境を破壊する犯罪なんだという視点から、広く問題を取り上げるところはなかったように思うのだ。そこには国と地域自治体で問題解決にあたる対応の温度差や関心の相違、省庁の縦割り行政の縄張り意識による弊害など、さまざまな外的要因もあって、思い切って足を踏み入れられない空気の壁《かべ》があったのかもしれない。今野敏は、そうしたタブー領域にも堂々と踏み込んでいったのである。

さらには、この種の〝犯罪〟には必ず金の匂《にお》いがつきまとう。金が動くところには利権が生まれる。すると当然のことながら利権をめぐって、有象無象《うぞうむぞう》の輩《やから》が四方八方から群がり集《たか》ってくるのである。政治家は言うにおよばず、官僚も既得権益拡大と将来の天下り先確保を狙《ねら》って暗躍し、企業は果てしない利潤の追求を目指して、時には強硬手段も辞さない態度で臨《のぞ》み、その隙間を縫《ぬ》って（時には手先となって）暴力団が跋扈《ばっこ》するという構図が出来上がるのだった。彼らは一度味わったうまい汁の数々を、その後絶対に手放したりはしない。

そうした利権の構図の中でも、途方もなく大きな額の金が動くのが原子力発電事業なのであった。

ここでちょっと反省の弁を述べると、われわれは――いや少なくともわたしはだが、化石燃料に代わる核燃料での発電というのは、産業発展と都市生活維持には必須のものであるとの説明に、必要ならばしかたないと思っていた。原発の安全性についても、専門家が絶対大丈夫だと言うのならそうだろうと安直に信じていた。よしんば多少の不安があっても、日本の技術力をもってすれば必ず克服できると、根拠なき安心感も抱いていた。

しかし、そんなものはすべて嘘《うそ》っぱちだったと気づかされたのが、二〇一一年三月十一日であった。この日の午後、日本を襲った大地震と大津波の猛威は、小賢《こざか》しい人間の嘘を根底からひっくり返し、容赦なく暴《あば》いてみせたのである。どれほど想定外の出来事だったと言い訳をしてみても、水素爆発に加え、メルトダウンまで引き起こした福島第一原子力発電所の惨状は、それまで絶対とうたわれていた安全神話を覆《くつがえ》しただけではなく、事故は人災であるとの可能性も浮き彫りにしたのだった。さらにはその後次々と明らかになっていく周辺事情から、はたして原発による電力は本当に必要だったのかどうか、多くの国民はそういうところまで疑問に感じ始めたのである。

その疑問に対しては、いくら言葉を費やしてもきりがない。けれど、十八年前に書かれた本書においての内村所長の言葉が、すべてを端的に言い表していると思う。これこそが今野敏の凄《すご》さ、物事の本質を見抜く透徹した視線の確かさだ。

内村所長によれば、原発を作ろうというのは純粋に政治的な問題だというのだ。「つまり、利権の構造でしかありません。政府が作るといったものは、国民を殺してでも、国土を破壊してでも作るものです。成田空港がいい例です。だから、原子力発電所が必要でないという事実と、原発推進というのは別の次元のものです」

問題は、誰が必要としているかであり、その誰かは、なぜ必要なのか、これを知ることにつきる。内村は、一に原発を必要としているのはあくまで電力会社であって、国民の側ではないと示唆《しさ》するのだった。そしてまた、電力（＝原発）を必要としている人々がどういう方法で建設までこぎつけたのか、さらにはどうやって運営しているのか。これもまた白日の下にさらけ出さなければならない重要な課題だというのである。

「電力会社は、電気を売らねばならない。毎年、需要を増やさなければならないのです。その結果、電力が不足するという机上の計算が出てくるのです。役人は、そうした試算だけでものごとを判断し、政治家は、役人のいうことを鵜呑《うの》みにする。そして、商社、ゼネコン、地域政治家そろって原子力発電推進の政策が出来上がる……」

そうしてこの政策に沿った形で電力の必要性や原発推進のシナリオが作られ、粛々《しゅくしゅく》と事が進められていくのだった。

以前、ＮＨＫのドキュメント番組で観たのだったが、原発の建設予定地というのはだいたいが海辺の小さな町である。誰もが顔見知りで、幼い頃から付き合いがあって、町全体が家族のようなものだ。そんな場所で推進派と反対派が対立すると、小さな町は完全に分裂し、友人どころか身内同士でも諍《いさか》いが絶えなくなり、冠婚葬祭すらまともにできなくなってしまうという。その際、反対派のひとりが呟《つぶや》いた言葉は強烈だった。

『最終的に人の心は金で動く』

こうした現実は、原発が安全かどうか、電力が必要かどうかなどとは、もはや完全に異なった次元の話となる。原発は日常生活に多大な影響を与え、地域を破壊していく悪魔という以外の何者でもない存在なのだった。

そんな悪魔をめぐって、人の心がどんなふうに動いていくか、本書はそのあたりの描写にも注目だ。

物語は、外国人の不法労就労者が三重県にある原子力発電所の事故で死亡したという内部告発があり、例によって佐伯が潜入捜査をするところから始まる。通産省および労働省の調査では、そのような事実はないとの結論が出されるが、内部告発した職員は交通事故で死亡していた。情報を検討した結果、その原発の労働力は、名古屋の暴力団が提供していることが判明する。

さらには彼ら卑劣な連中は、原発に反対するような運動は間違いだと気づかせる仕事も請け負《う》うことがある。それも容赦ない暴力を行使しながらだ。今回、佐伯が潜入した先はまさにそうした仕事をする暴力団であった。普通の——と言っていいのかどうか、今野敏以外の作家が書いた小説ならば、ここから先は主人公と原発反対派が一緒になって悪党どもと闘う展開になっていくと思う。

だが今野敏は一味違う。彼は、現在の反原発運動についても強い疑義を提示し、何と内村と佐伯に反原発の運動は無意味だと言わせるのだ。それもことに活動家と呼ばれる「プロの市民」たちの行動には批判すら投げかける。なぜなら、彼らにとっての最大の仕事、最終目的が、ただ単に反対運動を継続させるというだけにすぎないことが見えてきたからだ。極論すれば、原発に反対して建設を阻止もしくは中止に追い込むのが目的ではないのだった。運動を続けていけば組織も続く。組織があれば仕事も続く。そうするうちに、もしかするとマスコミの取材があって有名人になれるかもしれない。あるいは反対者の立場を代表して、恰好《かっこう》だけの有識者会議にも呼ばれるかもしれない。とそこまで言うと行き過ぎになってしまうだろうが、そんなことを目指していると思わせるのだ。言うならば、彼らの職業は「原発反対運動活動家」なのである。となれば、佐伯がそのような人間とは到底理解し合えるはずはない。彼はたったひとりでヤクザ狩りを実行してきた男であった。かくして佐伯は、ヤクザは当然だが、活動家とも反目し合う仕儀になる。

さて、ここでもうひとつ指摘しておきたいことがある。本書の構成についてなのだが、巧妙にカモフラージュされているけれども、この物語は黒澤明《くろさわあきら》の『用心棒』をモチーフにしているのだった。

主人公が敵対しているふたつのヤクザ組織の只中に降り立って、あちらの組を刺激し、こちらの組にもちょっかいを出し、と行動しながらその双方を叩《たた》き潰《つぶ》していこうとする。本書での佐伯の立場は、まさにこの三船敏郎《みふねとしろう》そのものであった。また『用心棒』といえば最強の敵が登場するのでも有名だ。その仲代達矢《なかだいたつや》に相当する役が、シリーズ中でも最凶最悪で無類の強さを誇る素手斬りの張である。この男がまあ強いのなんのって、とにかく佐伯の技が通用しないのだった。

いやあ面白い。原発という重たい題材をまともに扱いながら、どうしてこんなにも痛快な物語に仕上がっているんだろうと不思議に思う。しかし、これが今野敏の小説なのである。

二〇一二年現在、日本の原発は震災後に一度は点検その他で全基の活動を停止したものの、このままでは電力不足になるとの要請があり、福井県大飯《おおい》原発が再稼働された。これもまた内村所長がいみじくも喝破《かっぱ》したように純粋に政治的問題で、国民がいくら反対しようとも、国がやると決めたのなら事は粛々と進んでいく典型的な事例だった。しかしさすがに今回のこの決定には疑問と不安を覚えたのか、良識ある人々は官邸前で静かなる市民運動を開始したのであった。その数は主催者側と警察発表とでは十万人近くの差があるけれども、注目したいのは反原発ではなく、〝脱〟原発運動になっていることだ。

この変化が、将来においてどんな具合に影響を及ぼしていくのか、興味はつきない。が、それもこれも一冊の本が、ひとつの小説が考えさせてくれたことなのだった。

二〇一二年八月

〈追記――実業之日本社文庫新装版刊行にあたり〉

「日本人の国民性の最大の特徴は、いい国を作ろうという気持ちよりも、名君に治められたいという気持ちが強いこと。自分たちの代表を、政界に送り出そうという気持ちが薄い。上の方で変わってくれるだろうと、どこか人任せなんです」（「朝日新聞」二〇一二年十二月八日付朝刊より）

福島の原発事故のあとに行われた総選挙で、当時争点になっていた原発の問題に関して問われた今野敏の発言である。これだけではちょっとわかりにくいかもしれないが、本書の中で内村所長も語っているように、要は現在の官僚や政権というのは何があろうと原発の継続で動いていて、その方針は国民の意思など無関係に粛々と続いていくのが規定路線となっている。今野敏の発言は、この動きを変えるにはものすごいエネルギーが必要で、一年や二年で何かできるわけではない。だからこそ、まず国民ができる最初の一歩――選挙で民意を示してほしいとの願いを込めたものであった。

そもそも原発というのは燃料の安定供給ができ、二酸化炭素も大気汚染物質も排出せず、発電のコストが安い……などの理由で推進されてきた経緯がある。しかしその一方でデメリットとなるような要素・案件は、できるだけ表には出ないように配慮がなされてきた。事故や原発作業員の死亡例などもそうだし、最大の問題である使用済み核燃料の処理については、今にいたるまで問題点が改善、解決されていないにもかかわらず、詳しい報告もないままになっている。これもまた情報操作の一環なのかもしれない。さらにはコストの面でも、安全対策の費用が莫大《ばくだい》に膨れ上がり、原発が経済性に優れているという根拠は次第に薄れつつあるし、原発から出る高レベルの放射性廃棄物（核のゴミ）の処理費用の問題もある。　だがそんなことは一切関係ないとばかりに、かたくなに国は方針を変えないのだ。

こうした状況を最も歓迎しているのがヤクザである。

彼らにとって原発は、確実に儲《もう》かる堅いシノギというのが常識だからだ。これも本書の中で語られているが、原発はそれ自体が大がかりなプラントで、建設時はもちろん、その後の保守や整備にも大変な手間と労力がかかる。数千本もの細管・パイプに加え、無数の電気の配線が張りめぐらされ、黙っていても数年に一度は取り替えなければならないという。日々の点検や掃除はいうまでもなく徹底して実施しなければならず、それでも取り替える前に破損したりもするし、腐食もする。小さな地震でヒビが入ってしまうこともある。故障が発見されると、技術者はその修理を行うのだが、それに伴う面倒事を技術者が片づけるわけではない。そこで原発作業員の出番となる。彼らは制御室からの指示、指令で補修や取り替えを行い、それによって多くの作業員が放射能を浴びることになるのだった。

この日常の保守・点検を、下請けの関連会社がやっているのだ。それら関連会社は、放射能の危険を承知で作業員を送り込まねばならなかった。しかし、そうした労働力がたやすく見つかるはずもない。そこで、ある人々が活躍し始めるわけである。作業員の確保は下請けから孫請け、ときには五次下請けぐらいまであるという。そうなると職にあぶれた季節労働者や住所不定のアウトロー、外国人の不法就労者などはいくらでも紛れ込ませることができるだろう。それも使い捨ての労働力としてである。だが、そういう連中を集めて現場に送り込み、その上がりをピンハネするだけでは儲けは少ない。金の出所は別のところにあるのだった。これが原発の特殊性である。建設業界への人材派遣は伝統的なヤクザのシノギだが、中でも原発は資金源として特別なうまみがあるというわけだ。国家が推進する事業が、結局はヤクザを太らせているという皮肉な構図がここに完成する。

今野敏の発言は、今さらながらに胸に沁《し》みてくるものがある。

（二〇一一年八月）

この作品はフィクションであり、実在する人物、団体、地域等とは一切関係ありません。

本書は一九九四年八月に飛天出版より刊行された『覇拳飛龍鬼』を『臨界　潜入捜査』と改題し二〇〇九年九月に有楽出版社より新書版（ジョイ・ノベルス）として、また二〇一二年十月に実業之日本社文庫版として刊行された作品の新装版です。

本作品の時代背景、社会情勢は一九九四年当時のままといたしました。

実業之日本社文庫　最新刊

伊坂幸太郎
フーガはユーガ
優我はファミレスで一人の男に語り出す。双子の弟・風我のこと、幸せでなかった子供時代のこと、「アレ」のこと。本屋大賞ノミネート作品！（解説・瀧井朝世）
い12 2

北川恵海
真夜中のメンター　死を忘れるなかれ
彼の肩書はメンター。自殺志願少年、足を引っ張りたい女など、客の相談を聞き、解決に乗り出すが……。すべての悩める人に贈る、人生応援ストーリー！
き6 1

倉阪鬼一郎
24時間走の幻影
24時間耐久マラソンレース。真夜中になるとコースに怪しさが漂いはじめ、そこに現れたのは……。本格ランナーの著者が描く、不思議で切ない感動ストーリー。
く4 10

小鳥居ほたる
あなたは世界に愛されている
不器用な娘と母は、時を超え、かりそめの姉妹になった。それは運命のいたずらか、それとも愛の奇跡か？　切ない想いが突き刺さり号泣必至、あたたかい絆の物語。
こ7 1

今野 敏
臨界 潜入捜査〈新装版〉
原発で起こった死亡事故。所轄省庁や電力会社は、暴力団を使って隠蔽を図る。元刑事が拳ひとつで環境犯罪に立ち向かう熱きシリーズ第5弾！（解説・関口苑生）
こ2 18

沢里裕二
処女総理
中林美香、37歳。記者から転身した1回生議員。彼女のもとにトラブルが押し寄せる。警護するのはSP真木洋子。前代未聞のポリティカル・セクシー小説！
さ3 15

実業之日本社文庫　好評既刊

今野 敏
終極　潜入捜査
不法投棄を繰り返す産廃業者は企業舎弟で、テロネットワークの中心だった。潜入した元マル暴刑事・佐伯涼危し！　緊迫のシリーズ最終弾。（対談・関口苑生）
こ2 6

今野 敏
デビュー
昼はアイドル、夜は天才少女の美和子は、情報通の作曲家や凄腕スタントマンら仲間と芸能界のワルを叩きのめす。痛快アクション。（解説・関口苑生）
こ2 7

今野 敏
殺人ライセンス
殺人請け負いオンラインゲーム「殺人ライセンス」の通りに事件が発生!?　翻弄される捜査本部をよそに、高校生たちが事件解決に乗り出した。（解説・関口苑生）
こ2 8

今野 敏
叛撃
空手、柔術、スタントマン……誰かを、何かを守るために闘う男たちの静かな熱情と、迫力満点のアクションが胸に迫る、傑作短編集。（解説・関口苑生）
こ2 9

今野 敏
襲撃
なぜ俺はなんども襲われるんだ——!?　人生を一度は放棄した男と捜査一課の刑事が、見えない敵と闘う痛快アクション・ミステリー。（解説・関口苑生）
こ2 10

今野 敏
マル暴甘糟《あまかす》
警察小説史上、最弱の刑事登場!?　夜中に起きた傷害事件は暴力団の抗争か半グレの怨恨か。弱腰刑事の活躍に笑って泣ける新シリーズ誕生！（解説・関根 亨）
こ2 11

実業之日本社文庫　好評既刊

今野敏
男たちのワイングラス
酒の数だけ事件がある――茶道の師範である「私」が通うバーから始まる8つのミステリー。『マティーニに懺悔を』を原題に戻して刊行！（解説・関口苑生）
こ2 12

今野敏
マル暴総監
史上〝最弱〟の刑事・甘糟が大ピンチ!? 殺人事件の捜査線上に浮かんだ男はまさかの……痛快〈マル暴〉シリーズ待望の第二弾！（解説・関口苑生）
こ2 13

今野敏
潜入捜査　新装版
今野敏の「警察小説の原点」ともいえる熱き傑作シリーズが、実業之日本社文庫創刊10周年を記念して装いも新たに登場！　㊙捜査の行方は…。（解説・関口苑生）
こ2 14

今野敏
排除　潜入捜査〈新装版〉
日本の商社が出資した、マレーシアの採掘所の周辺住民が白血病に倒れた。元刑事が拳ひとつで環境犯罪に立ち向かう、熱きシリーズ第2弾！（解説・関口苑生）
こ2 15

今野敏
処断　潜入捜査〈新装版〉
魚の密漁、野鳥の密猟、ランの密輸の裏には、姑息な経済ヤクザが――元刑事が拳ひとつで環境犯罪に立ち向かう熱きシリーズ第3弾！（解説・関口苑生）
こ2 16

今野敏
罪責　潜入捜査〈新装版〉
廃棄物回収業者の責任を追及する教師と、その家族にヤクザが襲いかかる。元刑事が拳ひとつで環境犯罪に立ち向かう熱きシリーズ第4弾！（解説・関口苑生）
こ2 17

文日実
庫本業 こ218
社之

臨界《りんかい》　潜入捜査《せんにゅうそうさ》〈新装版《しんそうばん》〉

2021年10月15日　初版第1刷発行

著　者　今野《こんの》 敏《びん》

発行者　岩野裕一
発行所　株式会社実業之日本社
〒107-0062　東京都港区南青山5-4-30
CoSTUME NATIONAL Aoyama Complex 2F
電話 [編集]03(6809)0473 [販売]03(6809)0495
ホームページ https://www.j-n.co.jp/
DTP　ラッシュ
印刷所　大日本印刷株式会社
製本所　大日本印刷株式会社

フォーマットデザイン　鈴木正道(Suzuki Design)

ISBN978-4-408-55692-5（第二文芸）